LE PARISIEN

PIÈCE EN TROIS ACTES

Représentée pour la première fois à Paris, sur le Théatre des Nouveautés, le 9 mars 1881.

TRESSE, LIBRAIRE-ÉDITEUR

PIÈCES DE M. PAUL FERRIER

Format in-18

AU GRAND COL, comédie en un acte (théâtre du Palais-Royal). . . . . 1 fr. 50

LA CHASTE SUZANNE, comédie-vaudeville en deux actes (théâtre du Palais-Royal). . . . . 1 fr. 50

LE CODICILLE, comédie en un acte (théâtre du Gymnase). . . . . 1 fr. 50

LES COMPENSATIONS, comédie en trois actes en vers (théâtre du Gymnase) . . . . 2 fr. »

DUCANOIS, monologue en vers, dit par M. Saint-Germain sur le théâtre du Gymnase. . . . . 1 fr. »

LA FEMME DE CHAMBRE, comédie en trois actes (théâtre du Gymnase). . . . . 2 fr. »

L'HEURE DU PATISSIER, comédie en un acte (théâtre du Vaudeville) . . . . , ... 1 f. 50

LES ILOTES DE PITHIVIERS, comédie en trois actes (théâtre du Gymnase). . . . . 2 fr. »

LA MAROCAINE, opéra-bouffe en trois actes (théâtre des Bouffes-Parisiens). . . . . 2 fr. »

LES MOUSQUETAIRES AU COUVENT, opéra-comique en trois actes, en collaboration avec M. J. Prével (théâtre des Bouffes-Parisiens). . . . . . . 2 fr. »

NOS DÉPUTÉS EN ROBES DE CHAMBRE, comédie en quatre actes (théâtre du Vaudeville). . . . 2 fr. »

PARIS SANS COCHERS, à-propos en un acte (théâtre du Gymnase) . . . . 1 fr. 50

LA PERRUQUE MERVEILLEUSE comédie en trois actes en vers. (théâtre de l'Odéon). . . . . 2 fr. »

LA PETITE MUETTE, opéra-comique en trois actes (théâtre des Bouffes-Parisiens) . . . . 2 fr. »

IMPRIMERIE GÉNÉRALE DE CHATILLON-SUR-SEINE, J. ROBERT.

LE
PARISIEN

PIÈCE EN TROIS ACTES

DE

MM. PAUL FERRIER & VAST-RICOUARD

PARIS
TRESSE, ÉDITEUR
GALERIE DU THÉATRE-FRANÇAIS
PALAIS-ROYAL

1881

PERSONNAGES

CAMBUSAT	MM.	BRASSEUR.
BABOLIN		BERTHELIER.
FRÉDÉRIC BICHONNET		JOUMARD.
ANNIBAL-CASSABOUL.		SCIPION.
GRÉGOIRE.		BLANCHE.
THÉODULE		MATRAT.
ISIDORE.		DUBOIS.
UN CHARRETIER		PROSPER.
AMÉLIE.	Mmes	BODE.
ANAIS.		DARCOURT.
DOROTHÉE		DEBREUX.
HERMANCE		PANOT.
JUSTINE.		VARENNE.

UN NOTAIRE, COMMIS, INVITÉS ET INVITÉES.

La scène se passe à Marseille, de nos jours.

Pour la mise en scène détaillée, s'adresser à M. FROMENT, régisseur au Théâtre des Nouveautés.

LE PARISIEN

ACTE PREMIER

Les magasins de Cambusat. — Caisses et ballots. — Rayons chargés de conserves. — Au fond le magasin largement ouvert donne sur le port. A droite et à gauche, portes premier et deuxième plans ; enseigne représentant un homard cuit avec ces mots : AU CARDINAL DES MERS. — CAMBUSAT JUNIOR. — Une brouette avec des ballots chargés. — A gauche premier plan, une table avec ce qu'il faut pour écrire ; chaises aux deux côtés, et au-dessus ; à droite, un bureau-caisse face à la scène. — Indications prises du spectateur.

SCÈNE PREMIÈRE

* GRÉGOIRE, THÉODULE, Employés.

Grégoire, avec une calotte, à son comptoir, à droite ; les autres rangeant le magasin, ou fermant les caisses et ballots.

THÉODULE.

Dites donc, monsieur Grégoire, n'oubliez pas de remettre au patron la carte du Parisien ! Il a dit que c'était très urgent !

* Théodule, employés, Grégoire.

GRÉGOIRE.

Très urgent ! Comme c'est gai ! Encore une commande !... Quelle galère, mes enfants ! quelle galère !

THÉODULE, chantant.

Et vogue ma galère !...

GRÉGOIRE.

Assez ! assez ! c'est faux ! et ça n'est pas l'air ! Aucune oreille, ce garnement !

THÉODULE.

Faites-vous vos embarras, parce que vous êtes un peu musicien !

GRÉGOIRE.

Un peu?... un peu ?... (Il retire son bonnet grec et secoue ses cheveux très longs.) Avec des cheveux comme ça !... Si j'avais eu de la fortune, seulement... ou des protections !...

THÉODULE.

Les protections, ça viendra peut-être. Voilà M. Cambusat, notre patron, membre du conseil municipal !

GRÉGOIRE.

Oui, mais cet homme... inférieur n'apprécie pas la musique !... ah ! s'il appréciait la musique !... Ça ne fait rien, j'ai mon plan. Quand j'ai su qu'il allait marier sa fille, j'ai composé un chœur de circonstance : je l'ai fait apprendre à tous les employés de la maison, et le jour de la noce, v'lan, je lâche mon ensemble !

THÉODULE.

Quel effet !

GRÉGOIRE.

Il n'y a qu'un cheveu : les trois voix de mon chœur. Il me manque le soprano, pas un soprano dans tout le personnel !... Avec ça qu'il y a une rentrée...

Chantant en voix de tête.

« Hasard, bénis cette heureuse journée !... »

THÉODULE.

Hasard?...

GRÉGOIRE.

Oui!... J'avais d'abord mis : « Mon Dieu bénis... » Mais ça n'est plus dans le mouvement, mon Dieu; et quand on aspire à des fonctions publiques, il est inutile de se compromettre!

Chantant.

« Hasard, bénis cette heureuse journée!... »

THÉODULE, regardant au dehors.

Voilà le singe!

Tous les employés reprennent leurs occupations.

SCÈNE II

LES MÊMES, CAMBUSAT.

CAMBUSAT, entrant *.

Grégoire cache précipitamment ses longs cheveux dans sa calotte.

Qui est-ce qui s'est permis de croasser dans mes bureaux? (Personne ne répond.) Très bien! c'est toujours comme ça! (Au public.) Depuis huit jours, les voisins entendent des sérénades, chez moi .. en mon absence, naturellement!... et quand je veux savoir qui est-ce qui a le toupet de sérénader sous le balcon de mon épouse, voilà! Le silence... la conspiration du silence!

GRÉGOIRE.

Une carte pour monsieur.

CAMBUSAT, la prenant, lit :

« Frédéric Bichonnet. » Qu'est-ce qu'il me veut, ce Bichonnet?

* Théodule, employés, Cambusat, Grégoire.

THÉODULE.

Il a dit qu'il repasserait.

CAMBUSAT, lisant.

« Voyageur de la maison Chardonneret, confiseur à Paris. » — Encore une affaire, pardi ! — Et la voilà bien, la capitale! les voilà bien, ces confiseurs ! Forcés de s'approvisionner à Marseille !... je le verrai, ce Bichonnet. En attendant, qu'est-ce qu'il y a au rapport ?

GRÉGOIRE.

Il y a Ibrahim... le Turc, qui vendait les dattes de la maison, cours Belzunce.

CAMBUSAT.

Il y a Ibrahim?...

GRÉGOIRE.

Il n'y a plus, pour mieux dire.

CAMBUSAT.

Il est mort ?

GRÉGOIRE.

Non ! il a été enlevé par une Anglaise, qui partait pour Monte-Carlo.

CAMBUSAT.

Et le costume ?... J'avais fourni le costume !

GRÉGOIRE.

Ibrahim l'a renvoyé avec sa démission.

CAMBUSAT.

Alors, rien à dire... qu'à féliciter l'Anglaise... C'était un bel homme ce Turc !... et à chercher un autre Ibrahim !... C'est tout ?

GRÉGOIRE.

C'est tout.

SCÈNE III

LES MÊMES, DOROTHÉE, accourant de la porte deuxième plan *.

DOROTHÉE.

Monsieur !... monsieur !...

CAMBUSAT.

Qu'est-ce qu'il y a?

DOROTHÉE, bas.

Il y a une visite chez madame.

CAMBUSAT.

Une visite ! Qui ça ?

DOROTHÉE.

Mademoiselle Cordaloux.

CAMBUSAT.

Mademoiselle Cordaloux !... Es-tu bête de me troubler comme ça !

DOROTHÉE.

Dame ! monsieur m'a tant recommandé de lui tout dire, ce que madame fait, qui madame reçoit, où va madame...

CAMBUSAT.

C'est vrai !... je lui ai recommandé.

DOROTHÉE.

Monsieur a ajouté qu'il saurait récompenser mon dévouement.

CAMBUSAT.

C'est encore vrai !... Je l'ai ajouté ! Je te dois une ré-

* Théodule, Cambusat, Dorothée, Grégoire.

compense. (Prenant dans une caisse.) Voilà deux figues tapées... et continue à me bien servir, je saurai récompenser ton dévouement.

DOROTHÉE, à part.

Deux figues tapées ! Grigou, va !

Elle sort.

SCÈNE IV

* LES MÊMES, moins DOROTHÉE.

CAMBUSAT, au public.

Et voilà où j'en suis ! J'en suis à faire espionner mon épouse par ma bonne ! Je file Amélie !... Est-ce ma faute ?... Oui, c'est ma faute ! Je me suis remarié, sur le tard, soixante-cinq ans, première bêtise !... j'ai pris une jolie femme, seconde bêtise !... Ah ! si je l'avais prise laide encore !... Mais va te promener ! J'avais envie d'une jolie femme, cette fois ! on ne se marie pas que pour les autres... on se marie aussi un peu pour soi !... Et Amélie vous a des yeux à faire virer de bord un trois-mâts de l'autre côté de la Cannebière ! Alors ma jalousie d'un côté, mon commerce de l'autre, et mon conseil municipal au milieu ! mes commandes à recevoir, mes commandes à expédier, mes voyageurs à écouter, ma fille à marier, mon procès à suivre, mon Turc à remplacer, et ma femme à filer !... Faut-il une tête ! Non ! Faut-il une tête !... Sans parler de mon rapport... mon fameux rapport à M. l'ingénieur du service hydraulique, à la municipalité de Marseille !... Ça c'est pour le conseil... Ils m'ont chargé de présenter un rapport sur la désinfection du port de la Cannebière... Désinfecter la Cannebière... Eh ! bien, et l'air natal ?... ils n'ont pas pensé à l'air natal !

* Théodule, Cambusat, Grégoire.

SCÈNE V

LES MÊMES, DOROTHÉE *.

DOROTHÉE, accourant.

Monsieur!... monsieur!...

CAMBUSAT.

Qu'est-ce qu'il y a encore?

DOROTHÉE.

Une visite chez madame!

CAMBUSAT.

Qui ça?

DOROTHÉE.

M. Bidouret !

CAMBUSAT.

Bidouret!

DOROTHÉE.

Ah! monsieur, il est si vieux!... Soixante-neuf ans!

CAMBUSAT.

Ça ne fait rien : j'y vais... je serai plus tranquille!... Mais faut-il une tête! Non! faut-il une tête!

Il sort vivement.

DOROTHÉE.

Et mes figues?... il oublie mes figues!

THÉODULE.

Mamzelle Dorothée!...

DOROTHÉE.

Laissez donc, gamin! j'ai pas le temps de batifoler.

Elle sort.

* Théodule, Cambusat, Dorothée, Grégoire.

SCÈNE VI

GRÉGOIRE, THÉODULE, EMPLOYÉS *.

THÉODULE.

Elle n'a jamais le temps de rien, Dorothée.

GRÉGOIRE.

Dites donc, vous, au lieu de courtiser la bonne, vous feriez mieux d'emporter le courrier!

THÉODULE.

Donnez le courrier! Autant ça que de faire des ballots! Il n'y a rien de plus pour la poste?... Alors...

(Il sort en chantant.

Amis la matinée est belle...

GRÉGOIRE.

Assez! c'est faux! et ça n'est pas l'air!

THÉODULE, sur la porte.

Oh! le singe qui s'en va avec M. Bidouret!... il tourne à droite... j'oblique à gauche!

Chantant.

Rachel, quand du Seigneur...

Il sort.

SCÈNE VII

GRÉGOIRE, EMPLOYÉS, puis AMÉLIE.

GRÉGOIRE.

Pas deux sous d'oreille!... et ça va tous les soirs à l'Opéra. C'est vrai qu'il n'entre dans la salle que pendant les

* Théodule, Grégoire, employés.

entr'actes... pour vendre ses oranges!... — Mais nous sommes seuls, mes enfants, le singe est parti, abusons-en!... (Il ôte sa calotte, secoue ses cheveux et prend sa règle comme un bâton de mesure.) Vous avez votre musique?... Une!... deux!... trois!...

CHOEUR.

Amis, célébrons ce beau jour,
Qui va être, j'en ai l'assurance...

Entre Amélie, droite premier plan.

Oh! la patronne!...

Tous s'arrêtent.

AMÉLIE *.

Non, messieurs, non, ne vous interrompez pas! J'adore la musique.

GRÉGOIRE.

C'est une nature d'élite!

AMÉLIE.

J'avais entendu vos premiers accords, et je n'ai pu résister au charme de la mélodie!

GRÉGOIRE.

Le charme de la mélodie!...

AMÉLIE, à part.

Aimer la musique avec passion, et me voir réduite à l'orphéon improvisé de M. Grégoire! (Haut.) Continuez, messieurs, continuez!

GRÉGOIRE.

Ah! madame, quelle consolation pour moi d'avoir rencontré, près d'un patron si rebelle à la mélodie, une patronne si mélomane!

AMÉLIE.

Mélomane, oh! oui! j'aime les artistes! j'ai malheureusement épousé un mari bourgeois, mais j'ai rencontré sur ma route un employé dilettante... il y a compensation!

* Employés, Grégoire, Amélie.

GRÉGOIRE.

Il y a compensation!... Continuons!... Paroles et musique de moi.

LE CHOEUR, continuant.

...Pour les amants un jour d'amour,
Et pour nous un jour de vacance.

GRÉGOIRE.

Un jour de vacance, c'est le trait!... Et ici la rentrée du soprano :

Voix de tête.

Hasard, bénis...

Mais nous n'avons pas de soprano!... Comprend-on une boîte où il n'y a pas le plus petit soprano? (Au fond, roulement d'un camion.) Allons bon! le camion qui revient de la gare!... Un chargement à rentrer!... Allez, vous autres, moi je suis caissier : c'est déjà assez dur pour un artiste! (A Amélie qui s'éloigne.) Eh! quoi?... vous partez si vite?

AMÉLIE.*

Oui!... M. Cambusat pourrait rentrer, et il est assez bêtement jaloux pour l'être même de vous!

Elle sort.

GRÉGOIRE.

Pourquoi même?... pourquoi même?...

SCÈNE VIII

GRÉGOIRE, FRÉDÉRIC *.

FRÉDÉRIC, entrant de la rue.

M. Cambusat, je vous prie?

GRÉGOIRE, avec humeur.

Il n'est pas rentré! Attendez-le si vous voulez! (Rentrant ses cheveux et sortant à gauche.) Pourquoi même?...

* Grégoire, Frédéric.

SCÈNE IX

FRÉDÉRIC, puis DOROTHÉE.

FRÉDÉRIC.

Il n'est pas poli, poli, ce phocéen! Non, monsieur, vous n'êtes pas poli! Attendrai-je Cambusat?... une heure!... L'heure où ma petite voyageuse devait m'attendre sur la Cannebière!... — Ah! les femmes!... — Je ferai aussi bien de la laisser m'attendre!... On ne sait pas où peuvent vous mener ces aventures de tunnel... et dans ma situation surtout, avec mes projets, je ferai aussi bien!... Elle était sémillante, je suis entreprenant... On est Parisien, ou on ne l'est pas!... Et il y a un long tunnel, avant d'arriver à Marseille, un tunnel très long... assez long! — Quand le jour a reparu, nous avons causé... sans danger, nous n'étions toujours que nous deux!... « J'espère m'a-t-elle dit, que vous m'épouserez maintenant! » Et je lui ai donné rendez-vous sur la Cannebière! S'il y a des ormeaux plantés sur la Cannebière, elle est très bien là pour m'attendre!

DOROTHÉE, par la porte gauche, deuxième plan *.

Les pruneaux dans la caisse à gauche?... Toujours des pruneaux pour dessert! Voilà un négociant qui vit sur son fonds!... (Une heure sonne.) Une heure!... Et mon rendez-vous sur la Cannebière!

FRÉDÉRIC, redescendant.

Personne!

DOROTHÉE.

Allons! — Oh!

FRÉDÉRIC.

Ah!

* Frédéric, Dorothée.

DOROTHÉE.

Mon Parisien!

FRÉDÉRIC.

Ma Marseillaise! ma petite voyageuse!

DOROTHÉE.

Vous ici?

FRÉDÉRIC.

Et vous donc?

DOROTHÉE.

Moi, c'est mes bourgeois, ici.

FRÉDÉRIC.

Les Cambusat?... Sacrelotte!

DOROTHÉE.

Mais ça n'est pas une raison de ne pas se marier!

FRÉDÉRIC.

Au contraire! Seulement...

DOROTHÉE.

Seulement?

FRÉDÉRIC.

Pas un mot à vos maîtres... encore!

DOROTHÉE.

Ah!

FRÉDÉRIC.

Non! je viens pour... affaires de commerce, et j'ai besoin d'être pris au sérieux.

DOROTHÉE.

Je comprends!

FRÉDÉRIC.

Motus... pendant deux jours!

DOROTHÉE.

Bouche cousue... et dans deux jours...

FRÉDÉRIC.

Pas plus!

DOROTHÉE.

Vous vous déclarez!

FRÉDÉRIC, à part.

Je file!

DOROTHÉE.

Dites donc, c'est pas la peine que j'aille sur la Cannebière?

FRÉDÉRIC.

Ma foi, non, puisque nous n'avons plus rien à nous dire!

DOROTHÉE.

Alors, je retourne à mon ouvrage! Sans adieu, Frédéric!

Elle lui envoie un baiser en sortant.

FRÉDÉRIC.

Sans adieu, Dorothée!

SCÈNE X

FRÉDÉRIC, puis CAMBUSAT, puis DOROTHÉE.

FRÉDÉRIC.

Quelle rencontre! Il n'y a que la vie réelle pour amener des rencontres pareilles! Dorothée ici, chez les Cambusat!... Mon voyage commence bien!

CAMBUSAT, rentrant *.

Personne au magasin?... Si!... un étranger!... Monsieur!

Salut.

* Frédéric, Cambusat.

FRÉDÉRIC.

Monsieur! (Salut.) Monsieur Cambusat?

CAMBUSAT.

Je le suis. Cambusat Junior, à l'enseigne du *Cardinal des Mers!* Spécialité de conserves de bouille-abaisse, breveté S. G. D. G. Mes boîtes ne craignent ni la chaleur excessive, ni l'excessif froid... et se conservent vingt-cinq ans, sans dégradations, aussi bien au fond d'un seau d'eau, que dans le foyer d'une cheminée!

FRÉDÉRIC.

C'est admirable!

CAMBUSAT.

Ce l'est! J'ai des certificats! ce qui n'empêche cette canaille de Babolin de me contester le brevet... Mais patience! il y a des juges à Aix... même que c'est des conseillers! Voulez-vous vingt-cinq mille boîtes?

FRÉDÉRIC.

Je vous remercie! je n'en aurais peut-être pas le placement! Je voyage... pour les oranges!

CAMBUSAT.

Les oranges?... j'ai ça aussi!... Valence! Majorque! Minorque! Tunis et Mostaganem!

FRÉDÉRIC.

Frédéric Bichonnet.

CAMBUSAT.

On m'a remis votre carte. Vous représentez la maison Chardonneret.

FRÉDÉRIC.

Confiseur à Paris. Je suis preneur de douze mille oranges, articles pour soirées.

CAMBUSAT.

Douze mille, c'est un chiffre!

FRÉDÉRIC.

Vous vous renseignerez sur la maison. Du reste, je vous suis adressé par un ami commun, Ernest Bolivard.

CAMBUSAT.

Bolivard! Vous connaissez Bolivard! Mais asseyez-vous donc!

Il le fait asseoir.

FRÉDÉRIC.

Il m'a remis cette lettre pour vous...

CAMBUSAT.

Cet excellent Bolivard ! (Il prend la lettre.) Donnez-moi donc de ses nouvelles! Il va bien?... il est marié?... Il a des enfants?...

FRÉDÉRIC.

Il va très bien, mais il n'est pas marié.

CAMBUSAT.

L'un n'empêche pas l'autre, au contraire!

FRÉDÉRIC.

Il n'est pas marié, et... (Riant.) c'est un peu de ma faute.

CAMBUSAT.

Ah! bah!

FRÉDÉRIC.

Oui, une fumisterie que je lui ai faite...

CAMBUSAT.

Une fumisterie?

FRÉDÉRIC.

Une farce!... et dont un autre m'eût gardé rancune... mais lui, pas rancunier!

CAMBUSAT, s'asseyant.

Voyons la fumisterie, comme vous dites!... Je les adore! Quand j'étais jeune, je n'avais pas mon pareil dans tout Marseille! — Revenons à Bolivard!

FRÉDÉRIC.

Il allait se marier...

CAMBUSAT.

La future était jolie?

FRÉDÉRIC.

Charmante!

CAMBUSAT.

L'imprudent!

FRÉDÉRIC.

Les parents de la future avaient annoncé un bal travesti, pour égayer la signature du contrat. Bolivard, qui se savait bien fait...

CAMBUSAT.

Dans mon genre!...

FRÉDÉRIC.

Bolivard demande à son tailleur un déguisement qui l'avantage... et se décide pour un costume de sauvage!

CAMBUSAT.

Très avantageux, le sauvage!

FRÉDÉRIC.

Très avantageux!... Mais voilà que le matin même du bal, je rencontre le beau-père à la porte de Bolivard! Il venait le prévenir que, réflexion faite, le déguisement jetterait trop de gaîté dans une circonstance aussi solennelle, et qu'on serait en habit noir! Le beau-père hésitait à monter les cinq étages de Bolivard... Je lui propose de me charger de la communication, et... et je ne dis rien à Bolivard!

CAMBUSAT.

Pour rire! — Je devine la suite... Vous étiez tous en habit noir... et le futur... ah! ah! ah!... le futur en sauvage... avec des plumes... et une massue... Je vois ça d'ici!

FRÉDÉRIC.

Bolivard épaté!

CAMBUSAT.

Le notaire scandalisé!

FRÉDÉRIC.

Et le mariage raté! Le beau-père ayant déclaré que son gendre avait manqué de formes.

CAMBUSAT.

Epatante!... elle est épatante!... Vous savez que vous m'allez?... j'adore les farces! — Vous avez déjeuné?

FRÉDÉRIC.

Pas encore, vous l'avouerai-je?

CAMBUSAT.

Eh! bien, vous allez manger un morceau!... après, nous causerons affaires.

FRÉDÉRIC.

Je crains d'être indiscret...

CAMBUSAT.

Pas du tout! Tout à la bonne franquette! A Marseille, on a toujours un reste de conserve pour les amis!

FRÉDÉRIC.

Oh! monsieur Cambusat!...

CAMBUSAT, appelant.

Dorothée! Dorothée! (Paraît Dorothée *.) Fais déjeuner M. Bichonnet... légèrement!... Vous permettez que je vous confie à Dorothée?

FRÉDÉRIC.

Ne vous dérangez pas pour moi!

DOROTHÉE.

Allons, venez, Frédéric!

FRÉDÉRIC, bas.

Prenez garde! Vous me compromettez!

Il sort avec Dorothée.

* Frédéric, Cambusat, Dorothée.

SCÈNE XI

CAMBUSAT, puis BABOLIN, CASSABOUL.

CAMBUSAT.

Il me va, ce Bichonnet!... d'instinct, il me va tout plein!... Et puis l'histoire du sauvage!... C'est un service qu'il lui a rendu, à Bolivard... et Bolivard eût été bien ridicule de lui en garder rancune... (Lisant.) « Je te recommande « tout particulièrement Frédéric Bichonnet, voyageur de « commerce, et mon meilleur ami, un charmant Parisien, « plein d'entrain, d'intelligence et de probité. » — Pas de la rancune, ça! de la reconnaissance! — « Traite avec lui, « douze mille oranges, tu m'obligeras! » — Moi aussi!... — « Cependant, pour éviter toute méprise fâcheuse, je dois « t'avertir... mais en te recommandant le secret le plus « absolu, que ce cher Frédéric... » Il continue de lire tout bas. — Sa physionomie exprime la plus vive stupéfaction.) Ah! bah!... Pas possible!... Eh! bien, on ne le dirait pas!

BABOLIN, * entrant avec Cassaboul.

Cambusat!

CAMBUSAT.

Babolin!... Vous voilà, vous?

BABOLIN.

Nous voilà, mon neveu et moi.

CAMBUSAT.

Qu'est-ce que vous me voulez?

BABOLIN.

Nous venons t'apporter des paroles de paix et de conciliation.

* Cambusat, Cassaboul, Babolin.

CAMBUSAT.

Ah! ah! vous y venez à la conciliation!

BABOLIN.

Oui... Je voulais passer par ma bastide, pour y cueillir un rameau d'olivier.

CASSABOUL.

Des bêtises!

CAMBUSAT.

Des bêtises!

BABOLIN.

Si vous voulez!... D'ailleurs mon neveu était pressé.

CASSABOUL.

Je le suis!... Voilà dix-huit mois qu'on me fait aller!...

CAMBUSAT.

Est-ce ma faute?

BABOLIN.

Ne récriminons pas! J'ai promis à Cassaboul de ne pas récriminer.

CASSABOUL.

En deux mots : Vous plaidiez...

CAMBUSAT.

Pour le brevet de ma conserve de bouille-abaisse...

BABOLIN.

Ma conserve!

CAMBUSAT.

La mienne!

BABOLIN.

La mienne!

CASSABOUL.

Silence dans le rang! — Vous plaidiez!... J'arrive du régiment, avec le grade de brigadier...

BABOLIN.

Un joli grade!

CAMBUSAT.

Très joli! Mais pas de fortune, pas de profession, et paresseux!...

BABOLIN.

Propre à rien, quoi?... Il me tombe sur les bras.

CASSABOUL.

On a de la famille, ou on n'en a pas.

CAMBUSAT.

On en a toujours trop!

BABOLIN.

Bref, il rencontre ta fille...

CAMBUSAT.

Elle lui plaît...

CASSABOUL.

Et on convient que j'épouserai mademoiselle Hermance, histoire de mettre fin à tous les procès.

BABOLIN.

On en convient.

CASSABOUL.

Deux mois après ça craque.

CAMBUSAT.

Par la faute à Babolin!

CASSABOUL.

Ça ne me regarde pas! ça craque.

BABOLIN.

Il me retombe sur les bras... je refais des avances... on renoue...

CASSABOUL.

Deux mois après, ça recraque.

BABOLIN.

Par la faute à Cambusat!

CASSABOUL.

Ça ne me regarde pas! ça recraque.

BABOLIN.

Il me retombe sur les bras... je rerefais des avances...

CASSABOUL.

Et ainsi de suite... Je suis roulé, comme une vulgaire cigarette! Moi, Annibal Cassaboul, ex-brigadier de spahis, ex-héros de l'armée d'Afrique, où j'ai eu deux chevaux tués sous moi, et trois hommes! Eh! bien, non, non! il n'en faut plus! — Vous voilà tous les deux! Je vous donne dix minutes, le temps d'en griller une dans la cour. Quand je reviendrai, tâchez que la paix soit faite, et le mariage convenu!... Sinon, nom de nom!... vous ne me connaissez pas, je me connais, j'ai tué trois hommes... à qui le tour? (Sortant à gauche majestueusement.) A qui le tour?

SCÈNE XII

BABOLIN, CAMBUSAT, puis CASSABOUL.

CAMBUSAT *.

A qui le tour?

BABOLIN.

Moi, il me ménagerait plutôt... je suis son oncle.

CAMBUSAT.

Il a raison, Babolin!... Transigeons-nous?

BABOLIN.

Transigeons!

* Cambusat, Babolin.

CAMBUSAT.

Tope !... Je vais écrire à mon avoué.

BABOLIN.

J'écrirai au mien.

CAMBUSAT.

Par exemple, comme dot...

BABOLIN.

L'exploitation de la bouille-abaisse, c'est entendu ! C'est léger, mais à leur âge...

CAMBUSAT.

On n'a besoin de rien à leur âge, que de s'aimer. Crois-tu qu'ils s'aiment déjà?

BABOLIN.

Ils n'en ont toujours pas l'air.

CAMBUSAT.

C'est bien ce qui m'a semblé.

BABOLIN.

Je crois même qu'ils ne peuvent pas se souffrir.

CAMBUSAT.

Tant mieux! c'est ce qui fait les bons ménages... plus tard !

BABOLIN.

D'ailleurs, tu auras l'œil sur leur félicité.

CAMBUSAT.

Toi aussi.

BABOLIN.

Moi aussi, mais toi surtout! Tu les prendras en pension, toi.

CAMBUSAT.

Pourquoi moi? pourquoi pas toi?

BABOLIN.

Parce que tu ne voudrais pas passer pour un père dénaturé! Décemment, tu ne peux pas te séparer de ta fille, tandis qu'un neveu, tout le monde comprend qu'on s'en débarrasse!

CAMBUSAT.

Ce sont des raisons! — Mais alors... comme compensation... comme légère compensation...

BABOLIN.

Je flaire une carotte!

CAMBUSAT.

C'est toi qui donneras la soirée de contrat.

BABOLIN.

Pourquoi moi? Pourquoi pas toi?

CAMBUSAT.

Parce que ton salon est deux fois grand comme le mien.

BABOLIN.

C'est une raison... mais alors... les rafraîchissements... part à deux pour les dépenses!

CAMBUSAT.

Part à deux! — L'essentiel c'était d'avoir un grand salon... pour pouvoir inviter beaucoup de monde!.

BABOLIN.

Beaucoup?... beaucoup?... Qui veux-tu tant inviter?

CAMBUSAT.

Mais toutes les notabilités de Marseille : les députés, le préfet, le général, l'évêque... ça nous fera des uniformes!

BABOLIN.

Tu les connais?

CAMBUSAT.

Pas un

BABOLIN.

Et tu comptes qu'ils viendront?

CAMBUSAT.

Je n'ose l'espérer... Essayons tout de même!

BABOLIN.

Essayons!... Mais crois-moi, notre petite fête manquera de monde.

CAMBUSAT.

Invitons aussi nos employés!... Ça les flattera, et ils meubleront toujours un peu!

BABOLIN.

Invitons nos employés!... Et maintenant que tout est réglé, tu peux rappeler Cassaboul. — Moi, je vais sortir Anaïs?

CAMBUSAT *.

Ta femme! C'est vrai! tu la tiens sous clé!

BABOLIN.

Par prudence! mais je ne suis pas égoïste. Je la sors tous les jours, pour lui faire prendre l'air!

CAMBUSAT.

Je ne sais pas si c'est très adroit d'enfermer sa femme?...

BABOLIN.

Dame!... je ne sache rien de plus sûr!... Et si tu étais jaloux comme moi?...

CAMBUSAT.

Si j'étais jaloux comme toi?... Si j'étais jaloux?...

BABOLIN.

Tu l'es, c'est vrai!

CAMBUSAT.

Je rendrais des points à un tigre... royal!... Mais je n'ose

* Babolin, Cambusat.

pas enfermer Amélie... je voudrais bien, mais je n'ose pas!... Et puis, je l'enfermerais, que ça n'empêcherait pas l'autre de lui donner des sérénades...

BABOLIN.

L'autre?... Qui ça, l'autre?

CAMBUSAT.

Est-ce que je sais? J'ai commencé une enquête... mais à quoi ça mène-t-il les enquêtes?

BABOLIN.

A pas grand' chose, va!

CAMBUSAT.

A rien!... Alors, j'ai soudoyé la bonne!.., je la bourre de figues tapées... pour la faire parler!... Mais c'est si traître, les bonnes!... Tiens! par instant je voudrais avoir une belle-mère!

BABOLIN.

Oh!...

CAMBUSAT.

Oui!... Oh!... c'est dur comme remède, et cependant, pour surveiller ma femme... j'ai pensé à tout pour surveiller ma femme! j'ai pensé à la bonne!... j'ai pensé à la belle-mère!... j'ai pensé aux chiens de garde!... j'ai pensé à... Oh!

BABOLIN.

Quoi?

CAMBUSAT.

Ah!

BABOLIN.

Après?

CAMBUSAT, *retournant dans ses mains la lettre de Bolivard.*

Comment n'y ai-je pas pensé tout de suite?

BABOLIN.

Tu as trouvé?

CAMBUSAT.

Oui!... Jure-moi le secret!

BABOLIN.

En voilà des cachotteries!

CAMBUSAT.

Jure!

BABOLIN.

Je jure!

CAMBUSAT.

Et lis!

Il lui donne la lettre.

BABOLIN.

Une lettre de présentation?

CAMBUSAT.

Continue!

BABOLIN, lisant.

« Je dois t'avertir, mais en te recommandant le secret le « plus absolu, que ce cher Frédéric... » (Il continue de lire tout bas. — Sa physionomie exprime la plus vive stupéfaction.) Ah! bah!... pas possible!...

CAMBUSAT.

Et on ne le dirait pas!

BABOLIN, lui rendant la lettre.

Et ce jeune homme?...

CAMBUSAT.

Il est chez moi, il déjeune.

BABOLIN.

Tu vas le retenir?

CAMBUSAT.

Je me le demande.

BABOLIN.

A tout prix?

CAMBUSAT.

A tout prix!

BABOLIN.

Ah! Tu as toutes les veines, toi!

CAMBUSAT.

Envieux!

CASSABOUL *, entrant.

Eh! bien, est-ce fini?

BABOLIN.

C'est fini!... M. Cambusat te mettra au courant... Moi, je vais sortir ma femme! (Vexé.) Toutes les veines, vous!... toutes les veines!

Il sort.

CAMBUSAT, haussant les épaules.*

Envieux!

SCÈNE XIII

CAMBUSAT, CASSABOUL **.

CASSABOUL.

Alors, comme ça, j'épouse!

CAMBUSAT.

Vous épousez!

CASSABOUL.

Vous avez causé de la dot?

* Cassaboul, Babolin, Cambusat.

** Cassaboul, Cambusat.

CAMBUSAT.

A fond! Nous vous cédons le brevet de la bouille-abaisse!

CASSABOUL.

Qu'est-ce que ça vaut?

CAMBUSAT.

Rien, présentement... mais avec cent mille francs de publicité, l'affaire sera superbe!

CASSABOUL.

Et en attendant?

CAMBUSAT.

La table, le logement, le chauffage.

CASSABOUL.

L'absinthe... et le tabac?

CAMBUSAT.

L'absinthe et le tabac! Vous voulez peut-être que je vous présente à votre future?

CASSABOUL.

Non, merci! Ce sera pour une autre fois!... Il est deux heures... et j'ai une partie de billard engagée, en cent liés, avec un camarade d'Afrique! Au revoir donc, beau-père... et que ça ne craque plus!

CAMBUSAT.

Non!

CASSABOUL.

Autrement, vous ne me connaissez pas, je me connais : j'ai tué trois hommes... A qui le tour?

Il lui flanque un coup de pointe de sa cravache dans le ventre et sort en riant.

SCÈNE XIV

CAMBUSAT, puis DOROTHÉE, puis HERMANCE.

CAMBUSAT.

Un gendre aimable que j'aurai là !... Mais le moyen de regimber?... Un ancien zéphyr, qui a trois hommes, et deux chevaux, sur la conscience !... la terreur de Marseille... comme on l'appelle dans les cafés !

DOROTHÉE *, accourant.

Monsieur... Monsieur !...

CAMBUSAT.

Quoi ? Qu'y a-t-il ?

DOROTHÉE.

Un jeune homme avec madame !

CAMBUSAT, furieux.

Un jeune homme ?

DOROTHÉE.

Le Parisien !

CAMBUSAT, calmé.

Es-tu bête !... tu m'as fait peur !... Ça n'est que le Parisien !... Qu'est-ce qu'ils font ?

DOROTHÉE.

Ils causent dans la salle à manger.

CAMBUSAT.

Laisse-les causer !... je te dois une récompense... quatre figues cette fois !

* Cambusat, Dorothée.

DOROTHÉE.

Quatre figues! C'est un progrès. (Voyant Hermance entrer.) Voilà mademoiselle.

Elle sort.

SCÈNE XV

CAMBUSAT, HERMANCE, puis FRÉDÉRIC.

HERMANCE *.

Papa!

CAMBUSAT.

Mon enfant! (Au public.) Ma fille, dix-sept ans, un lis... savant! et un joli talent sur le piano... que je n'apprécie pas du reste!

HERMANCE.

Papa, as-tu un moment?

CAMBUSAT.

Jamais!... Pourquoi faire?

HERMANCE.

Pour te parler.

CAMBUSAT.

Va... mais sois brève!

HERMANCE.

Qu'est-ce que c'est que ce jeune homme qui déjeune chez nous?

CAMBUSAT.

C'est un voyageur de commerce!

HERMANCE.

Ah!

* Cambusat, Hermance.

CAMBUSAT.

Pourquoi me demandes-tu ça ?

HERMANCE.

Parce que j'avais cru autre chose!... J'avais cru un prétendant!

CAMBUSAT.

Lui?... D'abord ça n'est pas un prétendant, et puis j'ai d'autres projets sur toi.

HERMANCE.

Ah!

CAMBUSAT.

Tu épouses Cassaboul!

HERMANCE.

Oh! papa! Je ne peux pas le souffrir!

CAMBUSAT.

Je m'en doutais... mais tu t'y feras... et tu le souffriras tout de même!... D'abord il a ma parole, la parole de Cambusat Junior!... Ensuite, voici Frédéric... Laisse-nous causer, nous sommes en affaires!

FRÉDÉRIC, entrant, à Hermance *.

Excusez-moi, mademoiselle, je dérange des épanchements de famille...

CAMBUSAT.

Vous ne dérangez rien du tout!... Sors, Hermance!

HERMANCE.

Oui, papa.

Elle salue Frédéric et sort.

CAMBUSAT, au public.

Un lis savant!

* Cambusat, Frédéric, Hermance.

SCÈNE XVI

CAMBUSAT, puis FRÉDÉRIC, puis BABOLIN *.

CAMBUSAT.

Vous avez bien déjeuné?

FRÉDÉRIC.

Comme Sardanapale.

CAMBUSAT.

Qu'est-ce que vous dites de ma bouille-abaisse?

FRÉDÉRIC.

On s'en lécherait les doigts, si c'était reçu de se lécher les doigts!

CAMBUSAT.

A Marseille, on se les lèche!... Mais nous avons à causer...

FRÉDÉRIC.

Causons! nous disions douze mille oranges?...

CAMBUSAT.

Non!... laissons les oranges!... Autre chose... Une proposition que... c'est-à-dire une combinaison qui... (A part.) Sapristi! je n'y avais pas pensé, c'est le début qui est malaisé!

FRÉDÉRIC.

Une proposition?...

CAMBUSAT.

Non!

FRÉDÉRIC.

Une combinaison?...

* Cambusat, Frédéric.

CAMBUSAT.

Non plus!

FRÉDÉRIC.

Alors?...

CAMBUSAT, à part.

J'y suis! je tiens le joint! (S'asseyant.) Oserais-je vous demander vos opinions politiques?

FRÉDÉRIC.

Mes opinions politiques?... (A part.) Où veut-il en venir? Ne nous compromettons pas!

CAMBUSAT.

Allez!

FRÉDÉRIC.

Je ne vous dirai rien de précis.

CAMBUSAT.

Très bien!

FRÉDÉRIC.

Je flotte.

CAMBUSAT.

Parfaitement!

FRÉDÉRIC.

J'attends les événements.

CAMBUSAT.

A merveille!

FRÉDÉRIC.

Et vous?

CAMBUSAT.

Moi aussi... Je dis que dans la situation présente... l'impulsion du progrès... sans vouloir effleurer la question sociale... et si les classes dirigeantes savent faire des concessions... une politique sage et moralisatrice... progressiste et rationnelle... Voilà mon drapeau!

FRÉDÉRIC.

C'est le mien!

CAMBUSAT *.

Nous étions faits pour nous entendre! Entendons-nous! Combien gagnez-vous chez Chardonneret?

FRÉDÉRIC, à part.

Singulière question! (Haut.) Ça vous intéresse?

CAMBUSAT.

Beaucoup!

FRÉDÉRIC.

Vous êtes une belle âme! Mettez trois mille deux à trois mille six.

CAMBUSAT.

Ça n'est pas le Pérou!... De sorte qu'on vous offrirait six mille, ferme?...

FRÉDÉRIC.

Six mille? ferme? Où?

CAMBUSAT.

A Marseille! chez moi! *Au cardinal des mers!*

FRÉDÉRIC.

Chez vous!

CAMBUSAT.

Vous accepteriez?

FRÉDÉRIC.

Si j'accepterais?... Six mille... Et Cambusat Junior pour patron? Je signe des deux mains!

CAMBUSAT.

Signez donc tout de suite! (Il va écrire à droite.) Un petit bout de traité... vous êtes jeune... je veux vous tenir!

* Frédéric, Cambusat.

FRÉDÉRIC, à part.

Drôle de bonhomme ! (Haut.) Mais que fis-je pour vous inspirer si vite une confiance si grande?

CAMBUSAT.

Une confiance absolue!... Lisez et signez!...

Frédéric prend la plume, Babolin se précipitant la lui arrache *.

BABOLIN.

Arrêtez, jeune homme! Arrêtez !... Cambusat vous exploite!

CAMBUSAT.

Moi?

FRÉDÉRIC.

Lui? il m'offre 6,000 francs!

BABOLIN.

Vous valez mieux que ça : je mets 7,000!

CAMBUSAT.

Tu me la paieras!... 8,000!

BABOLIN.

8,500!

CAMBUSAT.

9,000!

FRÉDÉRIC, à lui-même.

On se m'arrache!

BABOLIN.

9,500!

CAMBUSAT.

10,000!

BABOLIN.

500!

* Babolin, Frédéric, Cambusat.

CAMBUSAT.

11,000!

BABOLIN.

500!

CAMBUSAT.

12,000!

Un temps d'arrêt.

FRÉDÉRIC.

Allez!... Allez!... ça ne m'humilie pas!

CAMBUSAT.

12,000!

BABOLIN.

Je renonce.

CAMBUSAT.

Une fois, deux fois, trois fois, personne ne dit mot? Adjugé...! Signez-moi ça!

FRÉDRRIC, signant.

Mais vous m'expliquerez?

CAMBUSAT.

Affaire de sympathies politiques.

BABOLIN, bas, à Cambusat *.

Dis donc, toi! 12,000 francs... C'est un employé salé!

CAMBUSAT.

Ça m'est égal! je n'ai pas de regret!

BABOLIN.

Tant pis!

CAMBUSAT.

Vous avez dit?

* Babolin, Cambusat, Frédéric.

BABOLIN.

Tant pis!

CAMBUSAT.

J'avais bien entendu!... Nous signerons le contrat, demain, chez vous!

BABOLIN.

Ça va nous obliger à nous revoir!

CAMBUSAT.

Pour la dernière fois! Le contrat signé, ni vu ni connu, je vous méprise!

BABOLIN.

Et moi... moi, je vous enveloppe de mon dédain! (Sortant.) De mon dédain!

SCÈNE XVII

FRÉDÉRIC, CAMBUSAT *.

CAMBUSAT.

Envieux!... Vous, mon garçon, vous vous féliciterez tous les jours d'avoir accepté!... Je vous prends chez moi. Vous mangerez à notre table. Vous coucherez dans la chambre bleue. Vous aurez les égards dus à votre situation, à vos services... et à vos appointements! je vais donner des ordres. Vous n'aurez qu'à vous féliciter... (Sortant.) Il est idiot, ce Babolin qui n'a trouvé que ça, de mettre sa femme sous clé!

Il sort.

* Cambusat, Frédéric.

SCÈNE XVIII

FRÉDÉRIC, puis GRÉGOIRE, puis THÉODULE, EMPLOYÉS, UN CLIENT, puis UN VOITURIER, puis CAMBUSAT, puis DOROTHÉE, puis AMÉLIE et HERMANCE.

FRÉDÉRIC.

Une belle âme! c'est une belle âme! et me voilà déjà de la maison!... Voyons, à mon tour, tâchons à gagner mes appointements! Que vais-je faire?... Tenir le grand livre?... (Il prend la place de Grégoire.) Oh!... oh!... la drôle de comptabilité!... Tout des signes de musique. Le doit à la clé de sol et l'avoir à la clé de fa! Singulière manière d'inscrire ses notes!

GRÉGOIRE, rentrant suivi peu à peu des employés *.

C'est bon!... c'est bon!... je vais passer la chose aux écritures!... Mais quelle galère!... (Il va à son comptoir.) Tiens! un caissier!... un sous-caissier! Le Parisien! Ne vous dérangez pas! Nous pouvons nous partager la besogne... Vous, tous les jours... moi, le dimanche! le dimanche parce que nous n'ouvrons pas.

THÉODULE **.

Tiens! un nouveau! le Parisien!

FRÉDÉRIC, calculant.

Je pose 7 et je retiens 2... il y a un soupir! Je retiens 2...

THÉODULE.

Attention! le singe!

CAMBUSAT, entrant ***.

J'ai donné mes ordres!... mais qu'est-ce que je vois?... il travaille!... vous travaillez?

* Grégoire, Frédéric.

** Théodule, Grégoire, Frédéric.

*** Théodule, Cambusat, Grégoire, Frédéric.

FRÉDÉRIC.

Je reporte quelques articles!

CAMBUSAT.

Laissez ça! c'est l'affaire de Grégoire! (A Grégoire.) Voulez-vous bien reporter vos articles tout seul, vous!

GRÉGOIRE.

Monsieur n'est donc pas un sous-caissier?

CAMBUSAT.

Non!

FRÉDÉRIC, courant à un client qui entre *.

Monsieur désire?...

CAMBUSAT, le retenant.

Laissez donc! c'est l'ouvrage de Théodule! Veux-tu servir le client tout seul, toi!

THÉODULE.

Monsieur n'est donc pas pour la vente?

CAMBUSAT.

Non!

UN VOITURIER, au fond. **

Hé! là-bas!... Si vous avez des ballots pour le chemin de fer, je retourne à la gare avec le camion!

FRÉDÉRIC, allant à la brouette.

Des ballots pour le chemin de fer?... ça doit être ça!

CAMBUSAT, le retenant.

Voulez-vous bien laisser!... Ça serait plutôt mon affaire!

FRÉDÉRIC.

Mais monsieur Cambusat?...

* Théodule, le client, Frédéric, Cambusat, Grégoire.

** Théodule, le voiturier, Frédéric, Cambusat, Grégoire.

CAMBUSAT *.

Mais monsieur Bichonnet?...

DOROTHÉE, accourant.

Monsieur!... Monsieur!...

CAMBUSAT.

Quoi? quoi? quoi?

DOROTHÉE.

C'est ces dames qui sortent!

CAMBUSAT.

Seules?... Je n'aime pas ça! Va leur dire de passer par le magasin!

Sort Dorothée.

FRÉDÉRIC.

Je voudrais pourtant bien gagner mes appointements!

CAMBUSAT.

As pas peur, vous les gagnerez! Mais je vous donne 12,000 francs, c'est pour faire ce que je vous demande!

FRÉDÉRIC.

Et que voulez-vous que je fasse?

CAMBUSAT.

Je vous le dirai!

Entrent Hermance et Amélie avec leurs chapeaux et leurs manteaux.

AMÉLIE **.

Tu nous demandais, mon ami?

CAMBUSAT.

Oui!... Où allez-vous?

HERMANCE.

Dans les magasins, papa.

* Théodule Frédéric, Cambusat, Dorothée, Grégoire.

** Théodule, Frédéric, Cambusat, Amélie, Hermance, Grégoire.

CAMBUSAT.

Dans les magasins?... Voir les petits jeunes gens ! frisés ! pommadés ! souriants !

AMÉLIE.

Si tu ne veux pas que nous sortions, tu es le maître !

CAMBUSAT.

Oui, je suis le maître... mais je veux bien que vous sortiez ! Sortez !

AMÉLIE.

Venez, Hermance !

Elle va pour sortir lentement.

FRÉDÉRIC, à Bichonnet.

Vous ne me dites toujours pas ?...

CAMBUSAT.

Ce que je veux que vous fassiez ?... * Accompagnez ces dames !... offrez votre bras à ma femme... je vous en prie !... (Frédéric rejoint les dames et remonte en causant. — Cambusat prend la brouette.) Et maintenant je suis tranquille !

* Théodule, Cambusat, Frédéric, Amélie, Hermance, Grégoire.

ACTE DEUXIÈME

Un salon chez Babolin. — Porte à droite donnant dans la chambre d'Anaïs. — A gauche, porte de la chambre de Babolin.—Trois portes au fond, donnant dans un second salon. — Deux fauteuils à gauche, canapé à droite. — Lustre allumé. — Girandoles.

SCÈNE PREMIÈRE

DOROTHÉE, JUSTINE, ISIDORE, en livrée trop large et trop longue, puis THÉODULE *.

DOROTHÉE, sur une échelle, finissant d'allumer le lustre.

Dites donc, il y a encore les girandoles à éclairer !

ISIDORE.

Moi, je peux pas ! ma livrée est trop large. Ça me gêne, je marche sur mes culottes.

DOROTHÉE.

Est-il bête ! faites un pli !

JUSTINE.

Faites un pli ! Etes-vous bête !

* Justine, Dorothée, Isidore.

ISIDORE.

C'est pas moi qui suis bête, c'est le bourgeois ! Pourquoi qu'il me fait mettre en livrée, le bourgeois ?

DOROTHÉE.

Pour faire de l'épate ! Si ça ne fait pas transpirer ! des fabricants de denrées coloniales !

ISIDORE.

Encore s'il m'avait commandé des habits à mes mesures ?... mais de l'occasion !... du bric-à-brac !... les nippes d'un Suisse... qui avait six pieds !

DOROTHÉE.

D'un Suisse... et vous êtes Savoyard !

ISIDORE.

Ça se touche... mais y a pas que la livrée qui me gêne, il y a le service.

JUSTINE.

Vous n'êtes pas accoutumé?

ISIDORE.

Je le suis pas. Je suis musicien ambulant ; je suis pas laquais ! J'aurai l'air godiche avec un plateau sur les bras.

DOROTHÉE.

Ça ne le changera guère !... Je vous montrerai !... Qu'est-ce que vous avez comme rafraîchissements ?

JUSTINE.

De l'eau sucrée.

DOROTHÉE.

Et comme petits fours ?

JUSTINE.

Des macarons.

DOROTHÉE.

Mazette ! ils se mettent bien, les patrons !

ISIDORE.

Voilà quelqu'un !

DOROTHÉE.

Non ! c'est M. Théodule !

THÉODULE, entrant *.

Je suis en retard ?

Habit étriqué, pantalon trop court, cravate énorme.

DOROTHÉE.

Oui.

THÉODULE, inquiet.

On a déjà passé des rafraîchissements ?

ISIDORE.

Ah ! bien, non, pas encore ! M. Babolin a dit d'attendre onze heúres, pour qu'on aie très soif!

THÉODULE.

Je respire !... Mais alors, je ne suis pas en retard ?

DOROTHÉE.

Si, pour allumer les girandoles ! nous vous attendions.

THÉODULE.

Vous m'attendiez ?... Si j'avais prévu que vous fussiez ici, charmante Dorothée...

DOROTHÉE.

Je suis venue pour aider.

THÉODULE.

Mon cœur eut dû le prévoir.

DOROTHÉE.

Allumez donc les girandoles !

THÉODULE **.

Voilà !... C'est mon habit qui me gêne !

Il porte l'échelle à droite.

* Justine, Dorothée, Théodule, Isidore.

** Justine, Dorothée, Isidore, Théodule.

JUSTINE.

Le fait est qu'il est un peu étroit!

THÉODULE.

C'est un camarade qui me l'a prêté, qui est figurant au Gymnase.

DOROTHÉE.

Votre théâtre?

THÉODULE.

Mon théâtre.

ISIDORE.

Vous êtes musicien aussi?

THÉODULE, allumant.

Non, je suis marchand d'oranges. C'est le singe qui a inventé ça : Il me donne 60 francs par mois, et autant de valences... Alors le soir, je vais au Gymnase et je vends mes valences dans les entr'actes... (Passant à gauche, avec l'échelle.) Orgeat, limonade! bière*! Sapristi que mon habit me gêne!

DOROTHÉE.

Hâtez-vous! M. Babolin va venir.

THÉODULE.

Je m'hâte.

ISIDORE.

Même que le voici!

JUSTINE.

Filons!

Ils sortent.

THÉODULE, sur l'échelle.

Je m'hâte, charmante Dorothée, je m'hâte.

* Théodule, Justine, Dorothée, Isidore.

SCÈNE II

THÉODULE, BABOLIN, puis CASSABOUL.

BABOLIN, comptant sur un carnet *.

Quatre et trois font huit; et dix, dix-neuf... (Apercevant Théodule.) Un jeune homme!... Jeune homme!

THÉODULE.

Monsieur Babolin!

BABOLIN.

Théodule!... Qu'est-ce que vous faites là-haut? De l'acrobatie?

THÉODULE.

Non! j'allume. J'ai voulu me rendre utile pour reconnaître l'honneur de votre aimable invitation.

BABOLIN.

Descendez donc! je ne vous ai pas invité à grimper sur les échelles.

THÉODULE, descendant.

C'est vrai... vous ne m'avez pas invité à grimper... me voilà descendu!

BABOLIN.

Avant d'avoir fini d'allumer?... Il manque trois bougies! vous ne voyez pas qu'il manque trois bougies?

THÉODULE.

Si.

BABOLIN.

Remontez donc!

* Théodule, Babolin.

THÉODULE.

Voilà! (Il remonte.) Il est capricieux!

BABOLIN.

Nous disons : (Il calcule sur son carnet.) Rafraichissements 12 francs, location de domestique et livrée 19 francs, bougies 8 francs 50, diverses 15 francs. Total 650. — Mettons 800, chiffre rond... dont 400 au compte de Cambusat... Il en coûte cher de marier ses neveux !...

THÉODULE, descendant.

J'ai tout allumé, monsieur Babolin.

BABOLIN.

Très bien !... Et l'échelle ? redescendez l'échelle au magasin !... vous ne voulez pas la laisser là, l'échelle ?

THÉODULE.

Non, certes... Elle n'est pas invitée, elle !

Il la soulève, elle culbute.

BABOLIN.

Cristi ! que vous êtes maladroit !

THÉODULE.

Ça n'est pas moi ! c'est mon habit qui me gêne !

En sortant avec l'échelle, il butte contre Cassaboul.

CASSABOUL.

Faites donc attention, animal !

THÉODULE.

Mande pardon ! je ne l'ai pas fait exprès !

CASSABOUL.

Cré coquin ! il n'aurait plus manqué que ça !... Exprès ?... vous ne me connaissez pas... je me connais...

BABOLIN, sur le même ton.

Il a tué trois hommes...

CASSABOUL.

A qui le tour ?

THÉODULE, *sortant.*

Si tu n'étais pas la terreur de Marseille, toi !

SCÈNE III

BABOLIN, CASSABOUL, puis ANAIS.

BABOLIN. *

Eh ! bien, es-tu content maintenant ?

CASSABOUL.

Pour être content, je le suis ! mais je suis chiffonné tout de même.

BABOLIN.

Dans ta cravate ?

CASSABOUL.

Non, dans mes illusions ! J'ai été chez le notaire...

BABOLIN, *à part.*

Aïe !

CASSABOUL.

J'ai jeté un œil sur le contrat...

BABOLIN.

Un œil indiscret !

CASSABOUL.

C'est là tout ce que vous me donnez, mon oncle ?

* Cassaboul, Babolin.

BABOLIN.

Je te donne une femme charmante !

CASSABOUL.

Pour ce que ça vous coûte !

BABOLIN.

Si ça me coûtait quelque chose... je ne te la donnerais pas. D'ailleurs, votre existence est assurée. Cambusat vous promet le loyer et le couvert.

CASSABOUL.

Le couvert aussi me chiffonne.

BABOLIN.

Ah ! bah !

CASSABOUL.

Oui ! vous avez bâclé ce mariage en deux temps... le futur beau-père n'a pas eu seulement celui de m'inviter à dîner ! Je me demande comment on mange chez les Cambusat ?

BABOLIN.

Très bien !

CASSABOUL.

Très bien ! Alors ça me changera d'ici ! (On frappe à la porte droite.) Qu'est-ce que c'est ?

BABOLIN.

C'est ta tante qui demande à sortir.

CASSABOUL.

Ma tante ?...

Il fait un pas vers la porte.

BABOLIN.

Attends ! tu n'as plus la clé. C'est moi qui ai la clé.

Il se fouille.

CASSABOUL.

Alors elle est toujours enfermée ma tante ?

BABOLIN.

Toujours. Je n'ai pas de Parisien sous la main, moi !

CASSABOUL.

De Parisien ! Pourquoi faire ?

BABOLIN.

Pour rien ! je m'entends ! (On frappe.) Un moment, mignonne, je cherche la clé.

CASSABOUL.

Et ma tante ne proteste pas ?

BABOLIN.

Non ! elle prend bien la chose... c'est même surprenant comme elle la prend bien ! (Trouvant la clé.) Tu vas voir !

Il ouvre la porte avec un grand bruit de serrure.

ANAÏS, souriante *.

Je suis prête, mon ami !

CASSABOUL.

Elle sourit !

BABOLIN.

Tu vois !

ANAÏS.

Comment me trouvez-vous?

CASSABOUL.

Jolie à croquer, ma tante !

BABOLIN, le poussant.

Veux-tu bien ne pas lui monter la tête !

ANAÏS.

Et vous, monsieur Babolin, suis-je à votre goût ?

BABOLIN.

Vous êtes au goût du jour, possible... mais pas au mien !

* Cassaboul, Babolin, Anaïs.

ANAÏS.

Vilain jaloux !... Vous eussiez préféré une robe montante ?

BABOLIN.

C'eût été plus décent !

CASSABOUL.

Ah ! ouiche ! quand on a de jolies épaules...

BABOLIN.

Mais tais-toi donc, toi !

CASSABOUL.

Et de beaux bras !

BABOLIN.

Vas-tu finir ?

CASSABOUL.

Je ne compte plus mon oncle, je vais me marier.

BABOLIN.

Heureusement.

SCÈNE IV

LES MÊMES, ISIDORE, successivement INVITÉS, puis GRÉGOIRE, puis THÉODULE.

ISIDORE, annonçant *.

Monsieur et madame Galurin...

ANAÏS, à madame Galurin.

Arrivez donc, chère madame !... Que vous avez là une jolie toilette ! Il n'y a que vous pour se mettre avec cette élégance de bon ton !

Elle la conduit à un fauteuil gauche.

* Cassaboul, Isidore, M. et madame Galurin, Babolin, Anaïs.

BABOLIN, à Galurin.

Les savons vont bien? allons, tant mieux! les enfants aussi? enchanté!

ISIDORE.

Monsieur Gringoire.

GRÉGOIRE, le reprenant *.

Gré!

ISIDORE.

Gringoiregré.

BABOLIN, à part.

Les commis de Cambusat! Ils arrivent de bonne heure... pour ne pas manquer une tournée de plateaux!

GRÉGOIRE, à Anaïs qu'il salue.

Veuillez agréer, madame, avec mon profond respect, l'expression de tous mes remercîments pour l'aimable invitation que vous m'avez fait l'honneur de m'adresser.

ISIDORE **.

Monsieur et madame Canasson.

ANAÏS, à madame Canasson.

Arrivez donc, chère madame!... Que vous avez là une jolie toilette! Il n'y a que vous pour se mettre avec cette élégance de bon ton!

Elle la fait asseoir fauteuil gauche.

BABOLIN, à Canasson.

Les huiles vont bien? allons tant mieux! les enfants aussi? enchanté!

GRÉGOIRE, à Anaïs.

A tout hasard, madame! j'ai apporté ma clarinette, à tout hasard! (Il la tire de la poche de son habit.) Si un solo de clarinette peut intéresser la société?...

* Cassaboul, madame Galurin, Anaïs, Isidore, Grégoire, Babolin, Galurin.

** Madame Galurin, Cassaboul, Isidore, M. et madame Canasson, Anaïs, Babolin, M. Galurin, Grégoire.

CASSABOUL.

Cré coquin ! non ! rentrez ça !

GRÉGOIRE, à part.

Encore un qui n'apprécie pas la musique !

THÉODULE, à Isidore. *

Inutile de m'annoncer, je fais ma rentrée.

ISIDORE.

Monsieur, madame et mademoiselle Cambusat... et leur domestique !

BABOLIN.

Leur domestique !

SCÈNE V

LES MÊMES, CAMBUSAT, AMÉLIE, HERMANCE, FRÉDÉRIC en Turc; puis DOROTHÉE.

CAMBUSAT *.

Eh ! non, crétin !... idiot !... animal !... Monsieur Bichonnet !... Frédéric Bichonnet !... leur meilleur ami !

Les dames se saluent.

ANAÏS.

Un Turc !

TOUS.

Un Turc !

FRÉDÉRIC, au public.

Pourquoi diantre m'a-t-il déguisé en Turc ?

* Madame Canasson, madame Galurin, Anaïs, Cassaboul, Isidore, Cambusat, Amélie, Hermance, Frédéric, madame Galurin, Babolin, Grégoire, Théodule.

BABOLIN, à Cambusat *.

Tu l'as déguisé en Turc?

CAMBUSAT.

Pour faire de la couleur locale! J'avais les frusques d'Ibrahim, et elles lui allaient comme un gant!

BABOLIN.

Toutes les veines, vous!... vous avez toutes les veines!

CAMBUSAT, haussant les épaules.

Envieux!

HERMANCE, à Amélie assise sur le canapé à droite.

Vraiment?... vous croyez vraiment qu'il n'est plus temps de se dédire?

AMÉLIE.

Un scandale alors!... vous oseriez faire un scandale?

HERMANCE.

Tout, plutôt que d'épouser M. Cassaboul!

FRÉDÉRIC, à part.

Heureuses dispositions!

CASSABOUL, s'approchant **.

Vous parliez de moi?

HERMANCE.

Vous avez entendu?...

CASSABOUL.

La fin: « d'épouser M. Cassaboul! » Je ne me gobe pas? vous disiez: « Comme je suis heureuse d'épouser M. Cassaboul! »

AMÉLIE.

Précisément!

* Babolin, Cambusat, madame Canasson, madame Galurin, Cassaboul, Frédéric, Anaïs, invités, Amélie, Hermance.

** Babolin, Cambusat, Frédéric, Cassaboul, Hermance, Amélie.

CAMBUSAT, à ses employés.

Eh! bien, vous autres, vous vous amusez?

THÉODULE.

Pas encore, patron!

CAMBUSAT.

Ça viendra.

GRÉGOIRE.

Si on ne fait pas de musique?...

THÉODULE.

Et si on ne passe pas de rafraîchissements?...

CAMBUSAT.

Ça viendra! (A un employé.) Allez donc jusqu'à la cuisine, et demandez à Dorothée de passer quelque chose!... (Sort l'employé.) Mais vous ne direz pas que je ne suis pas un patron libéral... et égalitaire!... Je marie ma fille... j'invite mes employés! Je suis comme ça... Je n'ai pas de morgue... on connaît mes opinions politiques.

DOROTHÉE, avec un plateau.

V'là l'eau sucrée!

BABOLIN, bondissant.

Pas encore! il n'est pas onze heures!

CAMBUSAT.

Laisse faire!... un peu de prodigalité, pour une fois!... (A des employés.) Pas de discrétion, vous!... Consommez comme les autres!... Ça n'est pas moi qui vous reprocherai la nourriture!... Allons, Théodule! faites honneur au plateau!... Prenez! prenez donc!

THÉODULE, prenant le plateau et étourdiment.

Orgeat! limonade! bière!

DOROTHÉE, riant.

Ah! ah! ah! il s'est cru dans ses entr'actes!

Théodule lui rend le plateau qu'elle fait circuler. — Pendant ce temps Justine a servi à gauche.

BABOLIN, à Cambusat.

Eh! bien, dis donc! le préfet n'est pas venu!

CAMBUSAT.

Je m'y attendais.

BABOLIN.

Le général non plus!

CAMBUSAT.

Ça ne me surprend pas.

BABOLIN.

Ni l'évêque, ni nos députés!... Pas un personnage marquant!

CAMBUSAT.

Merci!... j'ai déjà rencontré trois marchands de vins!

ANAÏS, à Frédéric *.

Vous êtes Turc, monsieur?

FRÉDÉRIC.

Mais non, madame, je suis Parisien.

ANAÏS.

Excusez-moi, c'est votre costume qui m'a trompée.

FRÉDÉRIC.

Naturellement... c'est mon costume! une idée à M. Cambusat, mon costume! Mais vous ne savez pas pourquoi il m'a déguisé en Turc?

ANAÏS.

Non! mais vous?

FRÉDÉRIC.

Moi non plus! je me le demande.

ANAÏS.

C'est à lui qu'il faudrait le demander!

* Cassaboul, Babolin, Cambusat, Frédéric, Anaïs, Hermance, Amélie.

FRÉDÉRIC.

Je le lui ai demandé aussi... mais il m'a répondu, avec un sourire... bête d'ailleurs, que ça lui était agréable!

ANAÏS.

Cette explication vous a suffi?

FRÉDÉRIC.

Elle m'a suffi, d'abord parce qu'il me donne 12,000 francs d'appointements, et puis... et puis, parce que je n'ai rien à lui refuser.

On entend au dehors un orgue de Barbarie qui joue une polka.

CAMBUSAT.

Qu'est-ce que c'est que ça?

BABOLIN.

C'est un orgue... j'ai engagé un organiste...

CAMBUSAT.

Ambulant?

BABOLIN.

Oui!... un Savoyard... ça fait une économie, il servira, et fera danser, pour le même prix!

ISIDORE, au fond avec son orgue de Barbarie.

Vous n'entendez donc pas la musique?

GRÉGOIRE.

Ça, de la musique!... profanation!

ANAÏS.

Vous avez entendu l'orchestre, mesdames.

CAMBUSAT, bas à Frédéric.

Vous ferez danser ma femme, souvent!

FRÉDÉRIC.

Bien!

BABOLIN, bas à Frédéric.

Plus vous ferez danser ma femme, plus vous m'obligerez!

FRÉDÉRIC.

Très bien!

THÉODULE, à Isidore qui s'était arrêté.

Tournez donc, monsieur l'orgue!

CASSABOUL.

Oui! tourne, mon bon!... Tourne, et que la fête commence!

Tout le monde, moins Cassaboul et Hermance, sort en polkant.

SCÈNE VI

CASSABOUL, HERMANCE, puis CAMBUSAT.

CASSABOUL *.

Mademoiselle Hermance, un petit mot!... et si vous ne tenez pas à ouvrir le bal avec moi...

HERMANCE.

Oh! certes non, monsieur, je n'y tiens pas.

CASSABOUL.

Eh! bien, tant mieux, parce que moi, je préfère causer... nous devons avoir pas mal de petites choses à nous raconter.

HERMANCE.

C'est aussi mon avis.

CASSABOUL.

On nous marie déjà assez vite...

HERMANCE.

Trop vite!

* Cassaboul, Hermance.

CASSABOUL.

Encore ne faut-il pas se marier dans un sac!... Je veux dire sans avoir échangé quelques aperçus réciproques...

HERMANCE.

Sur nos caractères!

CASSABOUL.

Oh! les caractères... ça finit toujours par se fondre! Mais je veux vous demander différents renseignements sur la caserne.

HERMANCE.

La caserne?

CASSABOUL.

J'entends : la baraque à papa!... J'entre dedans comme pensionnaire... encore faut-il savoir ce que ça vaut! Ainsi, tenez, hier, j'en grillais une dans la cour... J'ai cru voir de la moisissure sur les murs!

HERMANCE.

De la moisissure? je n'y ai pas pris garde.

CASSABOUL.

C'est un tort! ça prouverait que la cambuse est humide.

HERMANCE.

La cambuse?

CASSABOUL.

La baraque à papa!... et l'humidité développe les rhumatismes! Autre chose : les camions! A quelle heure commencent-ils d'arriver, les camions?

HERMANCE.

A cinq heures du matin!

CASSABOUL.

A cinq heures, je m'en méfiais! Il faudra changer ça, j'aime à faire la grasse matinée.

HERMANCE.

Vous en parlerez à papa.

CASSABOUL.

J'en parlerai à papa. — Autre chose!

HERMANCE.

Encore!

CASSABOUL.

La popotte? comment est la popotte?

HERMANCE.

La popotte?

CASSABOUL.

La cuisine?

HERMANCE.

A l'huile, monsieur!

CASSABOUL.

J'en étais sûr! je ne peux pas la sentir, l'huile! Il faudra changer encore ça!

HERMANCE.

Vous en parlerez à papa.

CASSABOUL.

J'en parlerai à papa. — Mais vous le voyez bien, mademoiselle, ce tête-à-tête n'était pas de trop, et nous avions bien un tas de petites choses à nous raconter! (A part.) Elle est charmante!

HERMANCE, à part.

Et voilà le mari qu'on me donnerait? Jamais!

CAMBUSAT, entrant *.

Eh bien! fillette, tu ne danses pas?

HERMANCE.

Je vais te dire, papa.

* Cassaboul, Cambusat, Hermance.

CASSABOUL.

Après moi mademoiselle, s'il en reste!... Vous, deux mots, de plus en plus urgents...

CAMBUSAT.

Sapristi! mais ma femme qui danse!

CASSABOUL.

Avec le Parisien?

CAMBUSAT.

Non! avec le Parisien, je serais tranquille... mais avec un commis de l'octroi! (En sortant à Frédéric qui entre *.) Allez donc faire danser ma femme!... je vous donne 12,000 francs, c'est pour faire ce que je vous demande!

SCÈNE VII

HERMANCE, FRÉDÉRIC, puis BABOLIN.

FRÉDÉRIC, à lui-même **.

Ce serait donc pour faire danser sa femme, les 12,000 fr? Singulier patron! père étonnant! mari bizarre!

HERMANCE.

M. Frédéric!... Est-ce qu'il viendrait m'inviter?

FRÉDÉRIC, à part.

Mademoiselle Hermance!... seule!... C'est l'occasion ou jamais! (Haut.) Je ne vous ai pas vue danser, mademoiselle?

HERMANCE ***.

En effet, monsieur, je n'ai pas encore dansé.

* Cassaboul, Cambusat, Frédéric, Hermance.

** Frédéric, Hermance.

*** Hermance, Frédéric.

FRÉDÉRIC.

A quoi pensait donc monsieur votre futur? Il est d'usage que les fiancés ouvrent le bal.

HERMANCE.

Monsieur mon futur a préféré causer.

FRÉDÉRIC, *galamment.*

Je comprends ça!

HERMANCE.

Mais c'est ce qui vous trompe! Nous avons causé de choses sérieuses.

FRÉDÉRIC.

Non?

HERMANCE.

Si!

FRÉDÉRIC.

Étrange sujet de conversation entre amoureux!

HERMANCE.

Oh! amoureux!

FRÉDÉRIC.

Je devine : un mariage de convenance?

HERMANCE.

Justement!

FRÉDÉRIC.

Ce qui ne veut pas dire qu'il vous convienne.

HERMANCE.

Au contraire!

FRÉDÉRIC, *à part.*

Ai-je bien fait de ne pas me décourager!

HERMANCE.

Je ne sais pourquoi je vous dis cela... mais, quoique nous ne nous connaissions que d'hier, vous m'inspirez toute confiance!

FRÉDÉRIC.

Toute confiance!... comme à votre papa!... Comme à M. Babolin!... C'est étonnant comme j'inspire confiance... à Marseille!... Mais si vous n'aimez pas M. Cassaboul, peut-être en aimez-vous un autre?

HERMANCE.

Oh! non, monsieur, pas encore!

FRÉDÉRIC.

Pas encore?... (A part.) De quel ton elle a dit cela! (Haut.) Dans tous les cas, il ne faut pas vous laisser marier contre votre gré!

HERMANCE.

N'est-ce pas?... mais je n'y puis rien, moi!... Que voulez-vous que je fasse?

FRÉDÉRIC.

Tout avouer à votre papa?

HERMANCE.

Il dit qu'il a donné sa parole! la parole de Cambusat Junior!

FRÉDÉRIC.

A votre belle-mère?

HERMANCE.

Elle dit qu'il est trop tard, et que ce serait un scandale!

FRÉDÉRIC.

A M. Cassaboul?

HERMANCE.

Je ne sais pas ce qu'il dirait, lui, mais je sais bien que je n'oserai pas!

FRÉDÉRIC.

Ce serait délicat!... mais un ami pourrait s'en charger... un ami qui aurait toute votre confiance!...

HERMANCE.

Oh! non!... pas vous!...

FRÉDÉRIC.

Pourquoi?

HERMANCE.

Parce que M. Cassaboul vous tuerait!

FRÉDÉRIC.

Ah! bah!

HERMANCE.

Il a déjà tué trois hommes en Afrique!

FRÉDÉRIC.

Trois hommes!

HERMANCE.

Et dans les cafés... savez-vous comment on l'appelle, dans les cafés? La terreur de Marseille!

FRÉDÉRIC.

La terreur?...

HERMANCE.

De Marseille!

FRÉDÉRIC.

De Marseille, seulement!

BABOLIN, entrant *.

Mon cher Bichonnet, je vous cherchais.

FRÉDÉRIC, à part.

L'importun!

BABOLIN, bas.

Allez donc faire danser ma femme!

FRÉDÉRIC, à part.

Il y tient!

Ils continuent à parler bas.

* Hermance, Frédéric, Babolin.

SCÈNE VIII

LES MÊMES, THÉODULE.

THÉODULE, entrant *.

Mademoiselle, voulez-vous me faire l'honneur de m'accorder ce quadrille?

HERMANCE.

Oui, monsieur! (A part, sortant au bras de Théodule.) Comme ça, M. Cassaboul n'aura pas l'idée de chercher querelle à Frédéric!

FRÉDÉRIC, à part **.

Elle va danser avec un autre!... comme c'est léger, les jeunes filles!

BABOLIN.

Allez vite!... Anaïs vous attend!... Et dites donc... si jamais vous rompez avec Cambusat... n'oubliez pas! 11,500 chez moi, et les mêmes avantages!

FRÉDÉRIC, à part, sortant.

Les mêmes avantages! mon Dieu! mon Dieu! les drôles de maris à Marseille!

SCÈNE IX

BABOLIN, GRÉGOIRE.

BABOLIN, à part.

Je me le cultive. (A Grégoire qui entre.) Et vous, monsieur Grégoire, vous ne dansez pas?

* Hermance, Théodule, Frédéric, Babolin.

** Frédéric, Babolin.

GRÉGOIRE *.

Non! je suis préoccupé, je cherche...

BABOLIN.

Quoi donc?

GRÉGOIRE.

Un soprano... pour mon chœur d'hyménée!... Et pas un soprano dans toute la boîte au patron!

BABOLIN.

Vous croyez?

GRÉGOIRE.

Si je crois? j'ai assez cherché!

BABOLIN, riant.

Eh! bien, c'est que vous avez mal cherché, monsieur Grégoire! cherchez encore, je ne vous dis que ça, cherchez mieux!

GRÉGOIRE.

Il ne me dit que ça... c'est trop ou trop peu!... monsieur Babolin!...

BABOLIN, voyant sa femme au bras de Frédéric, à part.

Venez! venez donc! Le Parisien... avec ma femme!...

Il entraîne Grégoire et sort avec lui.

SCÈNE X

FRÉDÉRIC, ANAIS, puis BABOLIN.

ANAÏS **.

Vous êtes très attaché à M. Cambusat!

FRÉDÉRIC.

A M. Cambusat, et à toute sa famille.

* Grégoire, Babolin.

** Frédéric, Anaïs.

ANAÏS.

Vous êtes d'anciennes connaissances?

FRÉDÉRIC.

Nous ne nous connaissons que d'hier... C'est même mon premier voyage à Marseille... et je vous avoue que j'y roule de stupéfactions en stupéfactions!

ANAÏS.

Vraiment?

FRÉDÉRIC.

Vraiment! ainsi j'ai constaté une particularité très bizarre : Les maris ne sont pas jaloux!

ANAÏS.

Par exemple!

FRÉDÉRIC.

Ceux que je connais du moins : M. Cambusat... M. Babolin...

ANAÏS.

Eh! bien, vous tombez bien!

FRÉDÉRIC.

Allons donc! M. Babolin?...

ANAÏS.

Un Othello!... Je vis toujours seule, dans ma chambre, enfermée à clef, et je ne sors qu'une heure par jour, à son bras!

FRÉDÉRIC.

Mais c'est le bagne!... l'île Nou du mariage!... Et vous avez épousé un garde-chiourme!

ANAÏS.

Ce n'est pas qu'il soit méchant!...

FRÉDÉRIC.

Non! mais il n'en fait pas moins votre malheur!

ANAÏS.

C'est ce qui vous trompe. Je me suis habituée à cette existence cloîtrée, qui donne plus de saveur aux aventures!

FRÉDÉRIC.

Aux aventures?

ANAÏS.

Non pas que j'aie rien à me reprocher; mais enfin, si j'aimais, quelque jour, si j'étais aimée...

FRÉDÉRIC, *à part.*

Sapristi! un coup droit!

ANAÏS.

La captivité rend les prisonniers ingénieux! Tromper la surveillance de son geôlier, correspondre au dehors par des procédés invraisemblables, s'évader au moyen d'une échelle de corde... la prison apprend tout cela! et le jour où j'aurais mon roman... le seul roman que je comprenne... avec préméditation... guet-apens... escalade...

FRÉDÉRIC.

...Et effraction!... Le jour où vous auriez votre roman?

ANAÏS.

Je suis prête.

FRÉDÉRIC, *à part.*

Enfermez donc vos femmes!

BABOLIN, *entrant* *.

Pardon!... je vous dérange?

ANAÏS.

Ciel! mon mari!

FRÉDÉRIC.

Othello!

ANAÏS, *à part.*

Quel bonheur! un drame!

* Frédéric, Babolin, Anaïs.

BABOLIN, à part.

S'il pouvait s'enticher d'Anaïs... il lâcherait Cambusat!

ANAÏS, à part.

Que lui dire?

BABOLIN, bas à Frédéric.

11,500! et les mêmes avantages!

Il sort doucement.

FRÉDÉRIC.

Les mêmes avantages!... Et il est jaloux!... où va-t-il?

ANAÏS.

Je ne sais pas!... ruminer sa vengeance, probablement!... une vengeance épique!... (Sortant avec joie.) Oh! quel bonheur! un drame!

SCÈNE XI

FRÉDÉRIC, puis AMÉLIE, puis CAMBUSAT.

FRÉDÉRIC.

Voyons! voyons! Il me croit donc bien peu dangereux, ce Babolin!... Serait-ce pour me rendre ridicule aux yeux de leurs femmes, qu'ils m'ont déguisé en Turc?... Cependant... un Turc... un joli Turc... car je ne m'abuse pas, je suis joli en Turc!... — Madame Cambusat! peut-être saura-t-elle me dire?...

AMÉLIE *.

Ma démarche, monsieur, va vous paraître bien singulière!

FRÉDÉRIC.

Je ne crois pas, madame, je commence à me faire à toutes les singularités.

* Frédéric, Amélie.

AMÉLIE.

Pouviez-vous prévoir celle-ci : monsieur Cambusat m'a très vertement reproché de ne pas danser assez souvent avec vous !

FRÉDÉRIC.

Nous avons dansé trois fois ensemble.

AMÉLIE.

Il paraît que ça ne lui suffit pas.

FRÉDÉRIC.

Mazette ! il n'est pas jaloux !

AMÉLIE.

Lui ! un Orosmane !

FRÉDÉRIC.

Allons donc !

AMÉLIE.

Je ne puis ouvrir une lettre, faire ou recevoir une visite, causer avec qui que ce soit, sans que sa nature ombrageuse en prenne les plus odieux soupçons !

FRÉDÉRIC.

Bizarre ! très bizarre !

AMÉLIE.

Non content de me surveiller, il me fait espionner par sa bonne, qu'il soudoie pour me trahir !

FRÉDÉRIC.

Voyez-vous cette Dorothée !

AMÉLIE.

Enfin, monsieur, à l'instant même, nous avons eu une explication très orageuse, au sujet d'un petit commis de l'octroi, qui m'avait engagée pour une mazurka !

FRÉDÉRIC.

Pour une mazurka ! Et il vous reproche très vertement...

AMÉLIE.

De ne pas danser assez souvent avec vous!

FRÉDÉRIC.

Ah çà! il me croit donc aussi bien peu dangereux!

AMÉLIE.

Je vous avoue que je ne comprends plus...

FRÉDÉRIC *.

Et moi donc!... mais n'importe! j'arriverai à comprendre!... Je flaire tout un complot... cherchons les fils... Et d'abord pourquoi m'a-t-il déguisé en Turc?

AMÉLIE.

Vous l'ignorez?

FRÉDÉRIC.

Je l'ignore.

AMÉLIE.

Peut-être pour vous mettre à la tête de la succursale d'articles d'Orient qu'il a sur le port?

FRÉDÉRIC.

Mais il ne veut pas que je m'occupe de commerce.

AMÉLIE.

En ce cas, je ne saurais vous dire.

FRÉDÉRIC.

Voudrait-il me rendre ridicule à vos yeux?

AMÉLIE.

Il en serait donc pour ses frais, car ce costume vous sied à ravir.

FRÉDÉRIC.

Oh! madame! tant d'indulgence!

* Amélie, Frédéric.

AMÉLIE.

Non! mais les maris ont de ces aberrations: le mien me fait une scène à cause d'un petit imbécile que je n'ai pas seulement regardé...

FRÉDÉRIC.

Et il vous jette dans mes bras... pour danser, madame, pour danser!

AMÉLIE.

Je ne me suis pas vengée, encore, de tant d'offensante méfiance, parce que je n'ai pas encore rencontré l'idéal de mes rêves de jeunesse...

FRÉDÉRIC, à part.

Sapristi! un coup droit!

AMÉLIE.

Mais qu'il y prenne garde! le jour où j'aimerais, où je serais aimée, malgré ses espions, malgré ses colères, malgré tout... ce jour-là...

FRÉDÉRIC.

Vous seriez prête?

AMÉLIE.

Je le suis.

FRÉDÉRIC, à part.

Filez donc vos femmes!

CAMBUSAT, entrant *.

Pardon! je vous dérange?

AMÉLIE.

Non, monsieur!

FRÉDÉRIC.

Au contraire!

CAMBUSAT.

Vous ne dansez pas?

* Amélie, Cambusat, Frédéric.

FRÉDÉRIC.

Nous causons.

AMÉLIE.

Cela vous revient-il au même?

CAMBUSAT.

Absolument!... Qu'est-ce que je demande, moi?... De vous voir ensemble... de vous voir d'accord... que vous sympathisiez... que Frédéric te considère comme une amie, et que tu considères Frédéric comme un autre moi-même!

AMÉLIE.

Eh! bien, vous serez servi à souhait!

CAMBUSAT.

Très bien!

AMÉLIE, éclatant.

Non! c'est trop fort!

CAMBUSAT.

Quoi?

AMÉLIE.

Monsieur Frédéric...

FRÉDÉRIC.

J'ai compris, madame! je me retire! (Sortant.) Les drôles de maris, à Marseille!...

SCÈNE XII

AMÉLIE, CAMBUSAT *.

AMÉLIE.

Avez-vous compris aussi, monsieur Cambusat?

* Amélie, Cambusat.

CAMBUSAT.

Quoi, Mélie?

AMÉLIE.

Que vous me devez une explication?

CAMBUSAT.

De quoi?

AMÉLIE.

Vous le savez bien!

CAMBUSAT.

Pas encore.

AMÉLIE.

Comment, vous êtes jaloux, ridiculement jaloux, outrageusement jaloux!...

CAMBUSAT.

C'est ma nature! le sang du Midi!

AMÉLIE.

Cela, passe!... mais, tout à coup, cette défiance qui me révoltait s'évanouit, et fait place à une confiance plus révoltante encore!... Ne m'interrompez pas!... Vous accueillez paternellement...

CAMBUSAT.

Paternellement, c'est le mot!

AMÉLIE.

Vous accueillez un jeune homme... qui vous tombe du ciel...

CAMBUSAT.

De Paris, pas du ciel!

AMÉLIE.

De Paris, soit! Vous lui ouvrez votre maison, vous l'asseyez à votre table, vous l'installez à votre foyer, vous lui donnez une chambre près de la mienne... Est-ce une gageure et où voulez-vous en venir?

CAMBUSAT.

Ne t'emporte pas, Mélie! ne t'emporte pas!

AMÉLIE.

Et encore vous me raillez!... Je m'alarme des dangers où vous m'exposez...

CAMBUSAT.

Oh! oh! les dangers où je t'expose!

AMÉLIE.

Certainement, les dangers!... En qui donc avez-vous tant de confiance?

CAMBUSAT.

J'ai confiance en Bichonnet!

AMÉLIE.

Eh! bien, monsieur, je suis aise de vous l'apprendre, M. Bichonnet me fait la cour!

CAMBUSAT.

Frédéric?... Laisse-moi rire!... Ah! ah! ah! ah!

AMÉLIE.

Il me fait la cour!... et vous le prenez trop légèrement, parce que moi-même, je le trouve très beau, très spirituel, très galant...

CAMBUSAT.

Frédéric?... Ah! ah! ah! ah!

AMÉLIE.

Il me plaît, il me charme, il me séduit... et je ne me sentirai pas la force de lui résister.

CAMBUSAT.

A Frédéric? Ah! ah! ah! ah!

AMÉLIE.

Mais voulez-vous bien ne pas rire?... Voulez-vous bien?... Ah! tenez, monsieur, tenez! je ne réponds plus de rien... et c'est vous qui l'aurez voulu!

Elle sort indignée.

SCÈNE XIII

CAMBUSAT, puis HERMANCE, puis AMÉLIE.

CAMBUSAT, seul.

Elle est furieuse, Mélie!... « Je ne réponds plus de rien... et c'est vous qui l'aurez voulu!... » Ah! ah! ah! Elle ne connaît pas Frédéric !... (Redevenant sérieux.) Oui, mais si, dans son désappointement, et pour se venger, elle allait songer à un autre?... J'aurais aussi bien fait de lui montrer la lettre de Bolivard! (Appelant.) Mélie, écoute donc !...

Il sort.

HERMANCE, entrant.

Papa! papa! Eh! bien, il s'en va!... il faut pourtant qu'il m'entende! Ma belle-mère a beau dire, M. Frédéric a raison! On ne peut pas me marier contre mon gré!

CAMBUSAT, rentrant, à part *.

J'ai peut-être eu tort de lui donner la lettre de Bolivard!

HERMANCE.

Ah ! papa!

CAMBUSAT.

Quoi? Qu'est-ce que c'est?

HERMANCE.

Le notaire vient d'arriver!

CAMBUSAT.

Eh! bien, le notaire? on l'attendait, il arrive, c'est tout simple!

HERMANCE.

Mais c'est qu'il apporte le contrat!

* Hermance, Cambusat.

CAMBUSAT.

Eh! bien? le contrat? nous sommes ici pour le signer, nous le signerons! c'est encore tout simple!

HERMANCE.

Mais c'est que moi, je ne veux plus le signer.

CAMBUSAT.

De la rébellion?

HERMANCE.

Je n'aime pas M. Cassaboul!

CAMBUSAT.

Alors, tu aimeras tes devoirs. Quand une honnête femme n'aime pas son mari, elle se résigne à aimer ses devoirs.

HERMANCE.

J'aimerais mieux... aller au couvent!

CAMBUSAT.

Au couvent? toi, une fille unique! au couvent, la fille d'un conseiller municipal... avancé!

HERMARCE.

Dispense-moi d'épouser M. Cassaboul!

CAMBUSAT.

Je ne puis pas : il a ma parole.

HERMANCE.

Reprends-la lui!

CAMBUSAT.

Avec ça que c'est facile!... Un héros de l'armée d'Afrique... un spahi qui a tué trois hommes!

HERMANCE.

Oh! moi, il ne m'effraie pas.

CAMBUSAT.

S'il ne t'effraie pas, épouse-le!... hier encore tu avais consenti.

HERMANCE.

Mais aujourd'hui, je ne consens plus!... hier je ne l'aimais pas, mais aujourd'hui, j'en aime un autre!

CAMBUSAT.

Un autre?

HERMANCE.

Il est aussi doux que M. Cassaboul est brutal, aussi spirituel qu'il est bête, aussi bien qu'il est laid!

CAMBUSAT.

Un autre? qui peut bien être cet autre?

HERMANCE.

M. Frédéric!

CAMBUSAT.

Frédéric! Tu aimes Frédéric!... Ah! non, elle est bonne celle-là! elle est bien bonne!

HERMANCE.

Pourquoi ça?

CAMBUSAT.

Parce que c'est pyramidal d'aimer Frédéric!

HERMANCE.

Pourquoi est-ce pyramidal?

CAMBUSAT.

Parce que... parce que... D'abord, nous ne le connaissons pas, Frédéric.

HERMANCE.

Puisque ton ami Bolivard te l'a recommandé.

CAMBUSAT.

Pas comme gendre!...

HERMANCE.

Puisque tu en as fait ton ami, ton hôte, ton homme de confiance.

CAMBUSAT.

Pas une raison d'en faire mon gendre!... D'ailleurs on n'épouse pas un homme sans fortune!

HERMANCE.

Comment, sans fortune?... Il a une position de 12,000 francs!

CAMBUSAT.

Chez moi! J'ai été magnifique!... il ne vaut pas 12,000 francs... ou s'il les vaut, c'est la rareté du sujet!... Enfin, rien ne te dit qu'il t'aime, lui?

HERMANCE.

Mais au contraire, papa!

CAMBUSAT.

Il t'a fait une déclaration?

HERMANCE.

Non! il est trop modeste... et trop réservé...

CAMBUSAT, à part.

Pour cause!

HERMANCE.

Mais tout me le dit, qu'il m'aime!... Et si malgré mes prières, malgré ma confession, tu persistes à vouloir me sacrifier...

CAMBUSAT.

Eh! mon enfant, crois en la sagesse d'un père... Si je te donnais à Bichonnet, c'est alors véritablement que tu serais sacrifiée!... On n'épouse pas Frédéric... on ne l'épouse pas!... * (Entre Amélie, la lettre de Bolivard à la main.) Madame Cambusat... raisonnez donc un peu cette enfant **!

HERMANCE.

On n'épouse pas Frédéric?...

* Hermance, Cambusat, Amélie.

** Hermance, Amélie, Cambusat.

AMÉLIE.

Non !

Elle rend la lettre à Cambusat.

CAMBUSAT, à part.

Je ne peux pourtant pas lui montrer la lettre de Bolivard !

SCÈNE XIV

LES MÊMES, FRÉDÉRIC, ANAIS, puis successivement BABOLIN, CASSABOUL, LE NOTAIRE, GRÉGOIRE, THÉODULE, ISIDORE, INVITÉS.

ANAÏS *.

Calmez-vous, monsieur Frédéric, calmez-vous !

FRÉDÉRIC.

C'est facile à dire, madame! mais on a beau être patient... je voudrais y voir le plus pacifique des mérinos!

ANAÏS.

C'est de l'intérêt qu'on vous porte.

FRÉDÉRIC.

Non, madame, c'est de la curiosité ! Tout le monde me regarde comme un animal surnaturel... On chuchote en aparté... on me montre au doigt... on me blague... je me sens ridicule... et c'est un rôle que je n'ai pas coutume d'accepter!

ANAÏS.

Mais, monsieur...

FRÉDÉRIC.

Mais tout cela, c'est la faute à ce travestissement grotesque!... Et je veux savoir enfin pourquoi j'ai été déguisé en Turc?

Anaïs le retient et ils parlent bas.

* Frédéric Anaïs, Hermance, Amélie, Cambusat.

BABOLIN, entrant avec Cassaboul et le notaire *.

Venez donc, monsieur le notaire! on va vous servir une table, et quelques rafraîchissements!

FRÉDÉRIC, à part.

Le contrat maintenant!... Tout mon joli rêve s'évanouirait!

CASSABOUL, donnant un fauteuil au notaire au milieu du théâtre.

Asseyez-vous toujours, monsieur le notaire!

BABOLIN.

Isidore!... Une table! avec un verre d'eau... et de l'encre... sucrée!

Des groupes se sont formés.

CAMBUSAT, à Hermance.

Allons! voyons! un peu de courage! c'est une pilule à avaler... ferme les yeux!

GRÉGOIRE, entrant avec les employés **.

Mon soprano... je tiens mon soprano! (A Frédéric.) Pardon, cher collègue, vous êtes musicien?

FRÉDÉRIC.

Pourquoi ça?

GRÉGOIRE.

Pour mêler votre voix aux nôtres!

FRÉDÉRIC, le bousculant.

Allez au diable!. je ne suis pas d'humeur à chanter! (A Cambusat.) Deux mots, monsieur Cambusat!

CAMBUSAT.

Plus tard, mon ami... quand nous aurons signé le contrat! Isidore! la table! la table!

On apporte la table. — Pendant ce temps Frédéric va vers Hermance.

* Frédéric, Anaïs, Babolin, le notaire, Cambusat, Cassaboul, Hermance, Amélie.

** Babolin, Cassaboul, Frédéric, Grégoire, Anaïs, Cambusat, Hermance, Amélie.

FRÉDÉRIC, à lui-même.

Je donnerais six mois de mes appointements pour avoir quelqu'un à étrangler! (A Hermance *.) Mademoiselle Hermance!

HERMANCE.

Monsieur Frédéric!

FRÉDÉRIC.

Le notaire est assis!

HERMANCE.

Oui!

FRÉDÉRIC.

On va lire votre contrat!

HERMANCE.

Hélas!

FRÉDÉRIC.

Vous allez le signer!

HERMANCE.

A contre-cœur!

FRÉDÉRIC.

Encore cinq minutes, et il sera trop tard!

HERMANCE.

Ah! je suis bien malheureuse!

FRÉDÉRIC, lui prenant les mains.

Hermance!

CASSABOUL, voyant le mouvement, à Cambusat.

Eh! là! eh! là! regardez donc, beau-père!

CAMBUSAT.

Ce n'est rien! c'est le Parisien!

* Babolin, Cambusat, Cassaboul, Frédéric, Hermance, Amélie.

CASSABOUL.

Le Parisien... je sais bien... je m'en moque... Mais dites donc, là-bas! A bas les pattes!

FRÉDÉRIC.

Vous avez dit, monsieur le zéphir?

CASSABOUL.

A bas les pattes, monsieur le Turc!

HERMANCE, retenant Frédéric.

Monsieur Frédéric, je vous en prie!

CAMBUSAT, retenant Cassaboul.

Mon gendre, ne me le cassez pas!

FRÉDÉRIC.

A bas les pattes?... (Montrant sa main droite.) C'est une main, ça!

CASSABOUL.

C'est une patte!

FRÉDÉRIC.

C'est une main, et à preuve...

Il lui flanque un soufflet retentissant.

TOUS.

Oh!...

CASSABOUL, se jetant derrière Grégoire et Théodule.

Sacredié!... Retenez-moi, je le tuerais!...

BABOLIN.

Quelle audace!

CAMBUSAT.

Quelle poigne!

BABOLIN, bas, à Cambusat.

Dis donc, Cambusat?

CAMBUSAT, même jeu *.

J'y pensais!

* Anaïs, Grégoire, Cassaboul, Théodule, Babolin, Cambusat, Frédéric, Hermance, Amélie.

ACTE TROISIÈME

Même décor qu'au premier acte. — La brouette chargée à droite.

SCÈNE PREMIÈRE

THÉODULE, GRÉGOIRE, EMPLOYÉS, puis CAMBUSAT.

GRÉGOIRE, fredonnant en voix de basse, au bureau, la plume à la main, tandis que les employés vont et viennent *.

« Hasard, bénis cette heureuse journée... »

THEODULE.

Qu'est-ce que vous faites là, Grégoire ?

GRÉGOIRE.

Je modifie ma rentrée. Je l'essaie en clé de fa... puisque mon soprano m'a éclaté dans la main ! Je tâche de l'écrire pour baryton !

THÉODULE.

Eh ! bien, moi, j'ai idée que vous perdez votre jeunesse ! Voilà le mariage de mademoiselle Hermance renvoyé au diable vert !

* Théodule, employés, Grégoire.

GRÉGOIRE.

A cause ?...

THÉODULE.

A cause de l'esclandre d'hier !

GRÉGOIRE.

Peuh !... c'est l'affaire de vingt-quatre heures : le temps que M. Cassaboul embroche le Parisien !

THÉODULE.

Qu'il l'embroche ?... Qu'il l'embroche ?... Le Parisien ne se laissera pas faire comme un poulet !... un gaillard, le Parisien ! Et quel sang-froid !

GRÉGOIRE.

Et quelle gifle !

THÉODULE.

Le Cassaboul était tout pâle !

GRÉGOIRE.

D'une joue... parce que de l'autre... il était cramoisi, de l'autre !

THÉODULE.

Moi, j'aime les braves ! J'étais jaloux du Parisien, mais maintenant il commence à m'intéresser.

GRÉGOIRE.

Il lui reste si peu de temps à vivre !
Chantant.

« Hasard, bénis cette heureuse journée !... »

THÉODULE.

Voilà le singe !

CAMBUSAT, entrant *.

Qui est-ce qui a encore croassé ? (Silence.) Très bien ! le silence ! toujours la conspiration du silence !... Pas de nouvelles de mon gendre ?

* Théodule, employés, Cambusat, Grégoire.

THÉODULE.

Non.

CAMBUSAT.

C'est singulier! Il n'a pas envoyé ses témoins?

GRÉGOIRE.

Non.

CAMBUSAT.

C'est excessivement singulier! (A part.) Qu'est-ce qu'il attend donc?... j'avais compté sur lui pour me débarrasser de Frédéric! (Haut.) Où est-il, Frédéric?

GRÉGOIRE.

On ne l'a pas encore aperçu ce matin.

CAMBUSAT.

Il n'est pas levé! monsieur n'est pas levé! S'il croit que je lui flanque 12,000 francs pour n'être pas levé à neuf heures?... (Appelant.) Dorothée!

GRÉGOIRE.

12,000 francs?

THÉODULE.

Qu'est-ce qu'il avait donc de si extraordinaire?

CAMBUSAT.

Rien!... ou plutôt si!... ou plutôt non!... Dorothée!

SCÈNE II

LES MÊMES, DOROTHÉE *.

DOROTHÉE.

Monsieur m'appelle?

CAMBUSAT.

Enfin la voilà! Où étais-tu?

* Théodule, Cambusat, Dorothée, Grégoire.

DOROTHÉE.

A la cuisine : je faisais le chocolat du Parisien.

CAMBUSAT.

Du chocolat maintenant!

DOROTHÉE.

C'est monsieur lui-même qui m'avait dit...

CAMBUSAT.

C'est moi-même qui lui avais dit!... Etais-je faible pour cet animal-là!... Du chocolat à la crème... avec un petit pain... que tu lui aurais porté dans son dodo!...

DOROTHÉE.

Monsieur l'avait dit.

CAMBUSAT.

Je m'en dédis! — Avec ça qu'il a besoin qu'on le dorlote!... pour encourager sa paresse!... un gredin qui n'est pas levé à neuf et quart! — Qu'est-ce qu'il fait donc?

DOROTHÉE.

Oh! monsieur, il dort comme une souche!

CAMBUSAT.

Il dort? il peut dormir dans cette mansarde, ouverte aux quatre vents?

DOROTHÉE.

Le fait est qu'il a un peu fait la grimace, quand il a appris que monsieur le changeait de chambre!

CAMBUSAT.

Il a fait la grimace?... S'il croit que je lui flanque 12,000 francs pour le coucher dans la chambre bleue?... — Va lui dire de descendre!

DOROTHÉE.

Monsieur avait tant recommandé de ne pas l'éveiller!

CAMBUSAT.

Je recommande le contraire, désormais!... et s'il n'est pas content, qu'il s'en aille! je ne demande que ça! — Va l'éveiller.

DOROTHÉE.

Mais monsieur oublie que c'est peut-être son dernier sommeil!

CAMBUSAT.

Son avant-dernier, au moins! car c'est brave de dormir!... Et il faut qu'il ait un rude toupet, après avoir insulté Cassaboul!...

DOROTHÉE.

La terreur de Marseille!

CAMBUSAT.

A moins qu'il soit bien résolu... à faire des excuses!

DOROTHÉE.

Eh! bien, moi, je doute qu'il en fasse!

CAMBUSAT.

Elle en doute! (A part.) Satané Bolivard!... s'il m'avait fait une farce? (Haut.) Va l'éveiller tout de même!

DOROTHÉE.

C'est inutile! le voici! (Bas à Frédéric qui entre.) Soyez prudent! il y a de l'orage!

Elle sort. Les employés se sont peu à peu dispersés.

SCÈNE III

GRÉGOIRE, écrivant, THÉODULE, rangeant au fond, CAMBUSAT, FRÉDÉRIC, puis LE CHARRETIER.

FRÉDÉRIC, * à lui-même.

De l'orage? — il a sur le cœur ma gifle à Cassaboul!

* Cambusat, Frédéric, Grégoire.

CAMBUSAT, à lui-même.

Du calme! tâchons de rompre avec ménagements!

FRÉDÉRIC.

Vous m'attendiez, monsieur Cambusat?

CAMBUSAT.

Un peu! Vous ne savez peut-être pas l'heure qu'il est?

FRÉDÉRIC.

Neuf heures et demie! c'est bien tard sans doute, mais excusez-moi, je faisais un si joli rêve! — Figurez-vous que je rêvais...

CAMBUSAT.

Assez! je ne vous demande pas de me raconter vos songes!

FRÉDÉRIC.

Je me tais. (Au public.) Je rêvais qu'il me donnait la main de sa fille : Une entrée en matière pour la solliciter!

Grégoire sort.

CAMBUSAT.

Je vous donne 12,000 francs, c'est pour faire ce que je vous demande!

FRÉDÉRIC.

Assurément, mais vous ne m'avez encore rien demandé.

CAMBUSAT.

Je commence.

FRÉDÉRIC.

Vous pouvez compter sur ma soumission.

CAMBUSAT.

Nous verrons bien.

FRÉDÉRIC.

Je ferai tout pour vous plaire.

CAMBUSAT, à part.

Il s'aplatit!

FRÉDÉRIC.

Je ferai tout...

CAMBUSAT, à part.

Il va canner!

FRÉDÉRIC.

Hormis des excuses à M. Cassaboul!

CAMBUSAT.

Hein?

FRÉDÉRIC.

J'ai oublié qu'il allait devenir votre gendre...

CAMBUSAT *.

C'est affaire entre vous deux.

FRÉDÉRIC.

Mais ça serait à recommencer, je recommencerais.

CAMBUSAT.

Il ne s'agit plus de Cassaboul.

FRÉDÉRIC.

Tant mieux!

CAMBUSAT.

Il s'agit tout simplement d'établir votre situation chez moi.

FRÉDÉRIC.

Je suis à vos ordres, et aux ordres de ces dames.

CAMBUSAT.

De ces dames?

FRÉDÉRIC.

C'est vous-même qui m'avez dit...

* Frédéric, Cambusat.

CAMBUSAT.

Je m'en dédis.

FRÉDÉRIC.

Quelle contrariété !... Madame Cambusat qui m'avait demandé de l'accompagner ce matin...

CAMBUSAT.

Je vous défends d'accompagner ma femme !

FRÉDÉRIC.

C'est bien, je n'insiste plus... madame Cambusat me grondera, au déjeuner.

CAMBUSAT.

Vous ne déjeunerez pas avec nous!

FRÉDÉRIC.

Dînerai-je au moins?

CAMBUSAT.

Non plus! Vous prendrez vos repas à la cuisine!

FRÉDÉRIC.

Avec Dorothée?

CAMBUSAT.

Avec Dorothée! Et vous vous souviendrez, monsieur, que Dorothée est la bonne de vos maîtres!

FRÉDÉRIC, avec dignité.

Oh ! monsieur Cambusat!...

CAMBUSAT.

Vous respecterez sa candeur!

FRÉDÉRIC.

Sa candeur?... Moi !... Dorothée!... Ah! vous ne me connaissez pas?

CAMBUSAT.

Je ne vous connais pas?

FRÉDÉRIC.

Qu'avez-vous à craindre de moi?

CAMBUSAT.

Votre parole?

FRÉDÉRIC.

Il y a des choses dont je suis incapable!

CAMBUSAT.

A la bonne heure!

FRÉDÉRIC.

Mais votre recommandation m'a blessé au cœur!

CAMBUSAT, à part.

Au cœur?

FRÉDÉRIC.

Et, consciemment ou non, vous m'avez fait bien mal!

CAMBUSAT.

Je lui ai fait bien mal! (A part.) Ce n'était pas une farce de Bolivard? (Haut.) C'est vrai, j'ai dû vous froisser!... j'ai manqué de tact!... mais soyez homme!... n'en parlons plus, ça vaut mieux!

FRÉDÉRIC, lui serrant la main.

Merci!

CAMBUSAT.

Parlons d'autre chose! Qu'est-ce que vous sauriez bien faire?

FRÉDÉRIC.

Oh! monsieur!...

CAMBUSAT *.

J'entends; dans mes bureaux? Connaissez-vous la comptabilité?

FRÉDÉRIC.

A fond!

CAMBUSAT **.

Très bien, mettez-vous là! (A Grégoire.) Donne ta plume à monsieur!

* Cambusat, Frédéric, Grégoire.

** Grégoire, Cambusat, Frédéric.

GRÉGOIRE.

Monsieur est sous-caissier, maintenant?

CAMBUSAT.

Oui ; asseyez-vous là, et mettez de l'ordre dans les livres !

FRÉDÉRIC.

Avec plaisir ! (A part.) Tout pour Hermance !

GRÉGOIRE.

Et moi ?

FRÉDÉRIC.

Toi, va te promener !

GRÉGOIRE, sortant au fond.

J'y vais !

CAMBUSAT, à part *.

Je suis très perplexe !... Bolivard m'a-t-il mystifié? — Dans le doute abstiens-toi, dit le sage! Abstiens-toi de quoi ? de garder Frédéric, ou de le flanquer à la porte ?... Le garder, c'est 12,000 francs par an... Pendant trois, six, neuf, (Il prend son traité dans sa poche et lit.) « A la volonté « des contractants; le présent engagement fait moyennant « la somme annuelle... » Oh! oh! le chiffre est resté en blanc; ça va me permettre de le diminuer ! C'est canaille, mais dans le doute, a dit le sage... diminue !

FRÉDÉRIC, à lui-même.

La drôle de comptabilité ! Que veut dire ce double dièze, colonne des entrées?

CAMBUSAT, haut.

Est-ce fini?

FRÉDÉRIC.

Pas encore !

CAMBUSAT.

Pas encore? c'est bien long ! — Avez-vous votre petit traité sur vous?

* Cambusat, Frédéric.

FRÉDÉRIC.

Oui... pourquoi?

CAMBUSAT.

Pour écrire le chiffre de vos appointements.

FRÉDÉRIC.

Tiens, c'est vrai! il était resté en blanc! mais je suis tranquille... nous avons dit 12,000 francs...

CAMBUSAT.

Nous l'avions dit! Comme homme de confiance, c'était le prix.

FRÉDÉRIC.

Mais vous n'avez plus confiance?

CAMBUSAT.

J'en ai moins! Et puis vous allez tenir les livres... teneur de livres, ca ne vaut plus que 6,000 francs, bien payé!

FRÉDÉRIC.

Comme il vous plaira!

THÉODULE, entrant *.

On vient de la maison Vigouroux, pour un assortiment de dattes... Faut-il servir?

CAMBUSAT.

Pardi, s'il faut servir!... Mais pas toi! Donne ton tablier à monsieur.

THÉODULE, quittant son tablier.

Monsieur fait la vente maintenant?

CAMBUSAT, mettant à Frédéric le tablier de Théodule.

Oui... vous faites la vente!... Allez, Frédéric, allez!

FRÉDÉRIC.

Avec plaisir! (Sortant.) Tout pour Hermance!

THÉODULE.

Et moi?

* Théodule, Cambusat, Frédéric.

CAMBUSAT.

Toi, va te promener!

THÉODULE.

J'y vais!

Il sort.

CAMBUSAT, seul.

Je suis de plus en plus perplexe! Tant de résignation... après tant de courage!... Se sentirait-il coupable?... Reconnaîtrait-il vraiment qu'il a abusé de ma confiance, en s'introduisant dans mon giron, sous une qualité qu'il n'a pas?... c'est-à-dire qu'il a?... non, je disais bien, qu'il n'a pas?... Ce jeune homme me déroute! Satané Bolivard!

FRÉDÉRIC, rentrant *.

C'est fait.

CAMBUSAT.

Est-ce bien fait, au moins?

FRÉDÉRIC.

Oh! très bien, je connais la vente! je leur ai fait filer les ballots 402 à 409!

CAMBUSAT.

Les dattes avariées!... mes compliments!... Vous allez quitter la comptabilité!

FRÉDÉRIC.

Je veux bien!

CAMBUSAT.

Vous ferez la vente!

FRÉDÉRIC.

A vos ordres!

CAMBUSAT.

Et je vous diminue!

* Cambusat, Frédéric

FRÉDÉRIC.

Ah! bah!

CAMBUSAT.

Comptable, 6,000! simple commis, 3,000! bien payé!

FRÉDÉRIC.

Comme il vous plaira. (*A part.*) Carottier!

Roulement de camion au dehors.

CAMBUSAT.

C'est le camion qui retourne au chemin de fer.

LE CHARRETIER, *entrant* *.

Où sont les sacs pour la gare?

Il va pour les mettre sur la brouette.

CAMBUSAT.

Laissez ça, pas vous!... Monsieur Frédéric, allons, allons! vous n'êtes pas ici pour ne pas vous rendre utile!

FRÉDÉRIC.

Je veux bien!

Il charge les sacs sur la brouette.

CAMBUSAT.

Un de plus! un de plus! un de plus! (*Il en met un énorme.—A part.*) Si tu enlèves ça maintenant?... (*Frédéric soulève la brouette.*) Il l'enlève!

FRÉDÉRIC, *sortant en roulant la brouette.*

Tout pour Hermance!

LE CHARRETIER.

Mazette! Quelle vigueur, le Parisien!

Il sort.

CAMBUSAT.

Quelle vigueur! Quel biceps!... c'est un fort de la halle, ce voyageur de commerce!

* Cambusat, le charretier, Frédéric.

FRÉDÉRIC, rentrant.

Etes-vous content?

CAMBUSAT *.

Très content!... je vous descends à 1,200 francs!

FRÉDÉRIC.

1,200 francs!

CAMBUSAT.

C'est tout ce que vaut un homme de peine, bien payé, je puis le dire.... Dans le doute a dit le sage... 1,200 francs.

Il sort.

SCÈNE IV

FRÉDÉRIC, puis BABOLIN.

FRÉDÉRIC, seul.

1,200 francs! C'est à n'y rien comprendre! plus je me donne de mal, plus il me diminue! sans compter qu'il ne m'accordera plus sa fille! La main d'Hermance à un homme de peine!... (Voyant entrer Babolin.) Monsieur Babolin... il m'avait fait des offres sérieuses...

BABOLIN **.

Cambusat n'est pas là? Oh! le Parisien!

FRÉDÉRIC.

Monsieur Babolin!

BABOLIN, voulant reculer.

Pardon, je suis pressé!

FRÉDÉRIC.

Un moment! Vous me gardez rigueur d'avoir giflé monsieur votre neveu?...

* Cambusat, Frédéric.

** Frédéric, Babolin.

BABOLIN.

Ça m'est fichtre bien égal, mon neveu!

FRÉDÉRIC.

Oh! bien, tant mieux! parce que j'aurais été désolé d'avoir perdu vos bonnes grâces, et dans un moment où j'en ai si grand besoin!

BABOLIN.

Vous avez quitté Cambusat?

FRÉDÉRIC.

Pas encore, mais je le quitterai. Il s'est conduit avec si peu de délicatesse!

BABOLIN.

Je vous avais prévenu!

FRÉDÉRIC.

Vous m'aviez prévenu, et vous aviez ajouté : « Si jamais vous rompez avec Cambusat, n'oubliez pas: 11,500 francs, chez moi, et les mêmes avantages! » Eh! bien, je romps avec Cambusat, et je suis à vous!

BABOLIN.

Vous êtes à moi... farceur!

FRÉDÉRIC.

Pourquoi farceur? Vous avez regret d'un chiffre si fort?... mettez 10,000?... 9,000?... 8,000?... 7,000?...

BABOLIN.

Vous mettriez cent sous, que je ne voudrais pas encore de vous! Non, mais les voilà, les Parisiens!... Ils arrivent de la grande ville pour esbrouffer les gens de Marseille! A les en croire, on dirait des oiseaux rares!... des pièces curieuses!... des hommes spéciaux!... Moi-même, j'ai été votre dupe...

FRÉDÉRIC.

Ma dupe?

BABOLIN.

Votre dupe! Je vous offrais l'hospitalité la plus large! je vous payais comme un sénateur! je vous mettais ma femme sur les bras! je... Non! non! Connu le fond du sac! Débiné le turc... non, le truc! Il n'en faut plus, mon garçon!

On ne m'attrapera pas, larirette!
On ne m'attrapera pas, larira!

FRÉDÉRIC.

Oh! que signifient ces railleries?...

Il marche sur lui.

SCÈNE V

LES MÊMES, CAMBUSAT *.

CAMBUSAT, survenant.

Arrêtez!

FRÉDÉRIC.

Le patron!

CAMBUSAT.

Des violences, encore?

BABOLIN.

L'oncle, après le neveu?

FRÉDÉRIC.

Excusez-moi, monsieur Cambusat, mais tout ce qui m'arrive, depuis vingt-quatre heures, n'est-il pas fait pour troubler la cervelle la plus solide?...

CAMBUSAT.

C'est bien, monsieur, c'est bien! nous reparlerons de votre cervelle! En attendant, veuillez me laisser causer avec Babolin! Allez! allez!...

* Frédéric, Cambusat, Babolin.

FRÉDÉRIC, à part.

Tout pour Hermance!

Il sort.

SCÈNE VI

CAMBUSAT, BABOLIN, puis DOROTHÉE.

CAMBUSAT *.

Eh! bien, toi?

BABOLIN.

Eh! bien, toi-même? ton Turc? ton fameux Turc?...

CAMBUSAT.

Ne te moque pas de moi, je suis assez taquiné!... avec ça que je ne sais plus que penser?... Est-ce une farce de Bolivard?... N'est-ce pas une farce de Bolivard?...

BABOLIN.

Cependant la gifle à Cassaboul!

CAMBUSAT.

Oui, mais les aveux de Frédéric, car il m'a fait des aveux! nous avons effleuré la question... incidemment... j'ai même manqué de tact...

BABOLIN.

Ah! bah!

CAMBUSAT.

Je lui ai fait bien mal! — Alors veux-tu voir un homme perplexe? je suis cet homme perplexe! — Mais qu'est-ce que tu ferais à ma place?

BABOLIN.

Dame! dans le doute...

* Cambusat, Babolin.

CAMBUSAT.

Oui, mais j'ai un traité... je suis lié... j'avais compté sur ton neveu!

BABOLIN.

Pour te délier?

CAMBUSAT.

Oui... un bon coup d'épée ou de pistolet... ça m'est égal!... Qu'est ce qu'il attend donc pour lui envoyer ses témoins?

BABOLIN.

Si tu comptes sur les témoins de Cassaboul?...

CAMBUSAT.

Il ne les enverra pas?

BABOLIN.

Non!

CAMBUSAT.

Il gardera sa gifle?

BABOLIN.

Il ne la gardera pas, parce qu'il n'y paraît déjà plus... mais il ne la rendra pas davantage!

CAMBUSAT.

Allons donc! Et qu'est-ce qu'il dit pour ça?

BABOLIN.

Il craint le scandale d'un duel...

CAMBUSAT.

Quand il y a eu voies de fait!

BABOLIN.

Le vernis que ça jetterait sur sa famille future...

CAMBUSAT.

Il n'y a pas de vernis!... il n'y a qu'une publicité, qui profiterait à notre bouille-abaisse!

BABOLIN.

Bref, il donne plusieurs mauvaises raisons de ne pas s'aligner!

CAMBUSAT.

Ah çà! mais, c'est donc un poltron, ton neveu?

BABOLIN, baissant la tête.

Oui!

CAMBUSAT.

Un ancien spahi.

BABOLIN.

Pas spahi, infirmier!... Il m'a fait des confidences, lui aussi.

CAMBUSAT.

Infirmier... je devine! les trois hommes tués sous lui?

BABOLIN.

Ça arrive dans les hôpitaux.

CAMBUSAT.

Et les chevaux?

BABOLIN.

Il avait commencé par être vétérinaire.

CAMBUSAT.

Fouinard!

BABOLIN.

Mais ça n'est pas une raison de rompre le mariage convenu!

CAMBUSAT.

Non, il n'est pas donné à tout le monde d'être brave!

BABOLIN.

N'est-ce pas?

CAMBUSAT.

Nous avons tous reçu des gifles sans les rendre!

BABOLIN.

Tous!

CAMBUSAT.

Et dans les affaires d'honneur, chacun entend l'honneur à sa manière!

BABOLIN.

Voilà!... Ajoutons que son adversaire, tu en as fait un vulgaire homme de peine...

CAMBUSAT.

Et qu'un brigadier en retraite ne se bat pas avec un portefaix en activité! Comme ça l'honneur est sauf... mais ma perplexité me reste.

BABOLIN.

Oui! Comment t'assurer?...

CAMBUSAT.

Ah!

BABOLIN.

Tu as une idée?

CAMBUSAT.

Je vais télégraphier à son patron... Chardonneret, confiseur à Paris!

Il va écrire.

BABOLIN.

Espérons qu'il pourra te renseigner!

CAMBUSAT.

« Prière télégraphier si Frédéric Bichonnet?... »

BABOLIN.

Si Frédéric Bichonnet?...

CAMBUSAT.

Sapristi, que c'est délicat!

BABOLIN.

Surtout qu'à Paris, au bureau central du télégraphe, ce sont des jeunes filles...

CAMBUSAT.

Je tiens ma rédaction! « Si Frédéric Bichonnet a été réformé service militaire et pour quelle cause? » Ça dit tout...

BABOLIN.

Et ça ne dit rien!

CAMBUSAT *.

« Réponse payée. » Et maintenant, au télégraphe! (Il va pour sortir et revient.) Ah! Dorothée!... Dorothée!... Dorothée!... Dorothée!

DOROTHÉE, entrant.

Voilà! voilà!

CAMBUSAT.

Je sors, surveille ma femme!

DOROTHÉE.

Ça recommence?

CAMBUSAT.

Ça recommence!... et continue à me bien servir, je saurai récomperser ton dévouement!

DOROTHÉE, à part.

Des figues tapées!

CAMBUSAT, à Babolin.

Viens-tu?

BABOLIN.

Et le contrat?

CAMBUSAT.

Le contrat, ce soir!

* Babolin, Cambusat, Dorothée.

BABOLIN.

En petit comité alors!... sans invitations, mon neveu y tient... pour ne pas voir se renouveler des scènes... regrettables!

CAMBUSAT.

A la bonne heure!... ça me prouve qu'il a été sensible à l'outrage!

Ils sortent.

SCÈNE VII

DOROTHÉE, puis FRÉDÉRIC.

Ça recommence!... mais s'il croit que je trahirais madame... Je sais bien ce qu'il faudrait dire, et ce qu'il ne faudrait pas dire; les choses sans importance, tout de suite... les autres — si j'en voyais — jamais!

* FRÉDÉRIC, entrant avec une caisse énorme sur le dos.

Ouf! ça, c'est pour attendrir le patron! A force de résignation, je finirai pourtant par l'attendrir!

DOROTHÉE.

Qu'est-ce que je vois là!... Frédéric sous ce ballot? Attendez que je vous aide un peu!

Elle l'aide à le descendre.

FRÉDÉRIC.

Merci! Dorothée, tu es bonne...

DOROTHÉE.

A tout faire!

FRÉDÉRIC.

Tu ne m'abandonnes pas dans la disgrâce!

* Frédéric, Dorothée.

FRÉDÉRIC.

Non ! mais c'est vrai que vous avez furieusement dégringolé !

FRÉDÉRIC.

J'ai dégringolé ! la bonne même le constate... on n'épouse pas un homme de peine !

DOROTHÉE.

Eh ! bien, si, allez, ça ne m'arrêtera pas !

FRÉDÉRIC.

Toi, pardi !

DOROTHÉE.

Et puisque le patron vous refuse les douceurs qu'il vous avait promises...

FRÉDÉRIC.

Fallacieusement !

DOROTHÉE.

Venez quelquefois à la cuisine, en cachette ! Je vous garderai votre chocolat, mes bouteilles de vin, et le bouillon du bourgeois ! Chut ! mystère...

FRÉDÉRIC.

...Et pot-au-feu !

Dorothée sort.

SCÈNE VIII

FRÉDÉRIC, puis HERMANCE, puis GRÉGOIRE.

FRÉDÉRIC.

Elle y tient ! Je crois qu'il est temps de filer ! Je ferai aussi bien de filer ! Mais quelle drôle de ville que Marseille !... et comme j'écrirais mes impressions de voyage en Provence... si elles n'étaient pas grotesques et douloureuses !

HERMANCE *.

Vous êtes seul, monsieur Frédéric !

FRÉDÉRIC.

Hermance ! Mademoiselle ! un rayon de soleil dans ma nuit sombre !

HERMANCE, à part.

Comme il s'exprime joliment ! (Haut.) Je voulais vous revoir et vous remercier !

FRÉDÉRIC.

Il n'y a pas de quoi, mademoiselle, il n'y a pas de quoi !

HERMANCE.

Oh ! si ! Grâce à vous, grâce à votre héroïsme, me voici sauvée du pire chagrin : le chagrin d'être madame Cassaboul !

FRÉDÉRIC.

Hélas ! mon héroïsme n'aura que retardé le dénoûment inévitable ! Cassaboul reviendra à la charge, et je ne serai plus toujours là pour vous protéger !

HERMANCE.

Parce que vous allez vous battre ?... mais je ne veux pas que vous vous battiez !... avec un duelliste de profession !

FRÉDÉRIC.

Je ne sais pas si je me battrai... J'ai attendu vainement les témoins de mon adversaire, mais ce que je sais bien, c'est que je vais quitter Marseille !

HERMANCE, douloureusement.

Ah !

FRÉDÉRIC.

Eh ! quoi ? mademoiselle ? ce ah ! ne me trompé-je pas à l'intonation de ce ah ? Mon départ vous causerait quelque peine ?

* Frédéric, Hermance.

HERMANCE.

Et vous, monsieur, partiriez-vous sans regret?

FRÉDERIC.

Non!... oh! non!... je partirai, parce que votre père m'a fait, je ne sais pourquoi, une situation inacceptable; mais je partirai avec le regret amer d'avoir vu s'entr'ouvrir et se refermer devant moi la porte du paradis!

HERMANCE, *à part.*

Comme il s'exprime joliment!

FRÉDÉRIC.

Je partirai... mais non pas sans vous avoir dit combien il m'en coûte, sinon de quitter votre père, qui a été tour à tour pour moi le plus hospitalier des amis, et le plus carottier des négociants, du moins de quitter cette maison bénie où respire la plus jolie des jeunes filles, la plus charmante et la plus aimée!

HERMANCE.

Monsieur Frédéric!

FRÉDÉRIC.

Oui! la plus aimée!... car je vous aime, Hermance, et vous seriez heureuse avec moi, autant que vous seriez malheureuse avec Cassaboul!... Et c'est tout un rêve de joie, d'affection, d'avenir, qui s'efface pour nous deux! Le commerce florissant! la bouille-abaisse prospère! la chambre nuptiale! la bastide aux portes de Marseille! les marmots blonds et roses! Le ciel rêvé... à l'enseigne du *Cardinal des mers!*

HERMANCE.

Monsieur Frédéric!

FRÉDÉRIC.

Vous aurais-je offensée, mademoiselle?

HERMANCE, *sortant.*

Ne partez pas avant que j'aie reparlé de vous à papa!

FRÉDÉRIC.

Un ange ! c'est un ange !

Amélie entre.

SCÈNE IX

FRÉDERIC, AMÉLIE.

FRÉDÉRIC, à part.

Madame Cambusat? Si je pouvais m'en faire une alliée?

AMÉLIE. *

Vous êtes seul, monsieur Frédéric?

FRÉDÉRIC.

Oui, madame, et en proie à de cruelles pensées!

AMÉLIE, à part.

Infortuné jeune homme!

FRÉDÉRIC.

J'ai peut-être tort de vous laisser voir mes regrets?

AMÉLIE.

Non, monsieur Frédéric, vos regrets sont si légitimes!

FRÉDÉRIC.

N'est-ce pas! Ah! vous êtes bonne aussi, et compatissante!

AMÉLIE.

Qui ne s'attendrirait sur vos malheurs? Quelle femme, assez insensible, ne vous prendrait en pitié?

FRÉDÉRIC.

Merci!... j'aurais pu être heureux comme un autre!

* Amélie, Frédéric.

AMÉLIE.

Assurément!

FRÉDÉRIC.

Plus le rêve était doux, plus le réveil est cruel!

AMÉLIE.

Pauvre garçon! mais ne vous désespérez pas! Toute affection ne vous est pas fermée, et l'amitié peut encore vous consoler!

FRÉDÉRIC.

L'amitié peut-elle remplacer le bien que j'ai perdu?

AMÉLIE.

Hélas! non!

FRÉDÉRIC.

Car je le sens, c'est fini! ma vie est brisée! Joies du foyer, de la famille, j'ai fait mon deuil de toutes ces joies!

AMÉLIE, à part.

C'est qu'il n'y a rien à lui répondre.

FRÉDÉRIC *.

Je n'ai plus qu'à quitter Marseille, et reprendre ma vie errante et solitaire! (A part.) Si ce n'est pas une alliée maintenant, l'éloquence n'est qu'un vain mot!

AMÉLIE.

Vraiment, monsieur Frédéric, vous songez à partir?

FRÉDÉRIC.

Ce soir même!

AMÉLIE.

Pauvre et cher enfant!

FRÉDÉRIC, lui baisant la main.

Digne et noble créature!

* Frédéric, Amélie.

SCÈNE X

FRÉDÉRIC, AMÉLIE, CAMBUSAT.

CAMBUSAT.

C'est trop fort!

FRÉDÉRIC.

Le patron!... et il est jaloux!

AMÉLIE.

Pas de vous, mon ami!

CAMBUSAT.

Ensemble! je les trouve ensemble! Et Dorothée qui ne m'avertit pas!

FRÉDÉRIC.

Je vais vous dire...

CAMBUSAT.

Assez! Laissez-moi! Sortez!... — Vous voyez qu'il me faut une explication avec madame mon épouse! Allez!... sortez!

FRÉDÉRIC, sortant *.

Toujours à l'orage cet ours-là!

SCÈNE XI

CAMBUSAT, AMÉLIE.

CAMBUSAT **.

A nous deux!...

* Frédéric, Amélie, Cambusat.

** Amélie, Cambusat.

AMÉLIE.

Mais, mon ami, vous êtes fou!

CAMBUSAT.

Moi? Je vous trouve flirtant...

AMÉLIE.

Avec Frédéric! c'est sans danger!

CAMBUSAT.

Sans danger? En es-tu bien sûre?

AMÉLIE.

Je ne sais pas, c'est toi qui m'as dit...

CAMBUSAT.

C'est moi... c'est moi, hier... mais depuis... depuis, j'ai des doutes!

AMÉLIE.

Des doutes?

CAMBUSAT.

Sérieux! Pense donc, un gaillard qui gifle Cassaboul! Tu l'as vu en colère... Tu l'as vu! un coq!... pas un capon!... Bing!

AMÉLIE.

C'est étrange, car si tu l'avais entendu, tout à l'heure, ici même...

CAMBUSAT.

Il t'a fait des aveux, aussi?

AMÉLIE.

Des aveux discrets; déplorant l'existence brisée, les joies interdites!...

CAMBUSAT.

Lui? Ah! non, ce n'est plus un voyageur de commerce, c'est un sphinx!... Et pas possible de m'assurer!... J'ai télégraphié à son patron.

AMÉLIE.

Il t'a répondu?

CAMBUSAT.

A l'instant... Des impertinences!

Il lui tend une dépêche.

AMÉLIE, lisant.

« Cambusat négociant Marseille : Demande ridicule, ré-
» ponds parce que réponse payée. Ne m'occupe jamais, moi,
» de ce qui ne me regarde pas. »

CAMBUSAT.

Insolent! (Il froisse la dépêche.) Je lui salerai ses oranges!... En attendant le doute, l'angoisse, et la perplexité... Et le contrat d'Hermance que j'oubliais...

AMÉLIE.

C'est renoué?

CAMBUSAT.

Pardi! puisque c'est la base de notre transaction avec Babolin!... Je sais bien qu'Hermance manque d'entrain, mais envoie-la moi, je veux la raisonner un peu! je ne lui demande pas d'enthousiasme...

AMÉLIE.

Puisque c'est un mariage de raison.

CAMBUSAT.

Précisément; tu sais ce que c'est!

AMÉLIE.

Hélas! oui! (Sortant.) Je vais envoyer Hermance!

SCÈNE XII

CAMBUSAT, puis HERMANCE.

CAMBUSAT.

Faut-il une tête? Non! faut-il une tête? Je ne me gobe pas... c'est malgré moi... mais par moments je puis le dire, je m'admire!

HERMANCE, entrant *.

Tu m'as demandée, papa!

CAMBUSAT.

Oui, mon enfant, j'ai à te causer.

HERMANCE.

Moi aussi.

CAMBUSAT.

Moi d'abord! Cassaboul va venir!

HERMANCE.

Tant pis!

CAMBUSAT.

Hermance!

HERMANCE.

Jamais je ne l'épouserai! jamais! jamais!

CAMBUSAT.

Diable!

HERMANCE.

M. Frédéric ou mourir!

* Hermance, Cambusat.

CAMBUSAT.

Frédéric!... Un homme de peine qui ne gagne que 1,200 francs!

HERMANCE.

Il ne tient qu'à toi de l'augmenter... Et ça ne serait que justice! car je ne sais pas ce que vous lui reprochez!... Mais je suis indignée de vos procédés à son égard! Avec ça qu'il est si malheureux!

CAMBUSAT.

Malheureux, je sais bien; mais, laisse-moi te dire... tu peux en croire ton père!... Chacun dans ce monde, a... ou n'a pas... certaines aptitudes! Il y en a qui ont la bosse du crime... d'autres la bosse des arts... d'autres la bosse du mariage! Frédéric, lui... ferait un très mauvais mari!

HERMANCE.

Tu crois?... Ah! bien, si tu l'avais entendu tout à l'heure, ici même!

CAMBUSAT.

Il t'a fait des aveux?...

HERMANCE.

Des aveux complets; me parlant avec chaleur des douceurs du foyer, des tendresses de la famille!... Ah! papa! quel père ce serait pour tes petits-enfants!

CAMBUSAT.

Quel père?... Non! c'est à donner sa langue aux chiens!... Que croire? que croire?

HERMANCE.

Ah! mais tu m'effrayes, papa! Qu'est-ce qui te prend?

CAMBUSAT.

Rien!... laisse-moi!... J'ai besoin de réfléchir!... Va... et envoie-moi Dorothée!

HERMANCE, sortant.

Oui, papa!

SCÈNE XIII

CAMBUSAT, puis DOROTHÉE.

CAMBUSAT.

J'ai mon idée! une expérience... *in animal vili*, comme dit le docteur!... Parce qu'il faut sortir de ces perplexités à tout prix! à tout prix! à tout prix!

DOROTHÉE *.

Rien de nouveau, monsieur!

CAMBUSAT.

Non?... Eh! bien, autre chose!.. Dorothée!

DOROTHÉE.

Monsieur?

CAMBUSAT, à part.

Ça n'est pas commode à glisser.

DOROTHÉE.

Après?

CAMBUSAT, à part.

La proposition est difficile.

DOROTHÉE.

Je vous écoute.

CAMBUSAT.

Dorothée, je ne suis pas un maître comme les autres...

DOROTHÉE.

Non! vous êtes plus regardant!

* Cambusat, Dorothée.

CAMBUSAT.

Parce que je ne suis pas fier. J'ai des mœurs de patriarche!... pour moi, les domestiques ne sont pas des étrangers; ils me servent, je les paie...

DOROTHÉE.

Mal!

CAMBUSAT.

Parce que je les paie moitié en argent, moitié en égards! Dorothée, j'ai pour toi une affection toute spéciale.

DOROTHÉE, *à part.*

Il va me faire des propositions!

CAMBUSAT.

Dorothée, j'ai songé à ton avenir.

DOROTHÉE, *à part.*

Ça y est!

CAMBUSAT.

Quel âge as-tu?

DOROTHÉE.

J'aurai vingt ans aux figues prochaines.

CAMBUSAT.

Dorothée, as-tu quelquefois songé au mariage?

DOROTHÉE.

Au mariage? c'est pour le bon motif!... Oh! oui, monsieur, j'y ai songé quelquefois, mais dans mon humble condition...

CAMBUSAT.

Si ce n'est que ça, je te donnerai une dot!

DOROTHÉE.

Une dot?

CAMBUSAT.

500 francs! le chiffre d'une rosière!... Je m'avance peut-être beaucoup?...

DOROTHÉE.

Dame, monsieur, à vingt ans!...

CAMBUSAT.

Je me suis trop avancé!... N'importe! 500 francs, ça te va-t-il?

DOROTHÉE.

Oui, ça me va! et ce que ça lui ira aussi, à lui!

CAMBUSAT.

Lui!... Qui lui?

DOROTHÉE.

Frédéric!

CAMBUSAT.

Frédéric!

DOROTHÉE.

Monsieur est si bon, je peux tout lui dire!... Avant-hier, comme monsieur sait, m'en revenant d'Arles, voir ma tante qui y est mercière, j'avais pris le chemin de fer...

CAMBUSAT.

Tu avais dit: les dames seules?

DOROTHÉE.

Je l'avais dit, mais je n'aime pas ça: la société y est si mêlée!... Bref, j'avais pris le train... nous n'étions que deux, un voyageur de commerce et moi...

CAMBUSAT.

Frédéric!

DOROTHÉE.

Vint le grand tunnel...

CAMBUSAT.

Sept kilomètres d'obscurité!... Quand tu revis le jour...

DOROTHÉE.

Oh! monsieur, mais il m'avait promis le mariage!

CAMBUSAT.

Je suis fixé!

DOROTHÉE.

Eh! bien, et mes 500 francs?

CAMBUSAT.

Je les reprends. Je suis fixé maintenant!

DOROTHÉE.

Grigou!

CAMBUSAT.

C'était une farce!... Satané Bolivard!

SCÈNE XIV

LES MÊMES, FRÉDÉRIC.

FRÉDÉRIC *.

Dorothée avec le patron! Pourvu qu'elle n'ait pas trop parlé!

DOROTHÉE.

C'est lui! ne le grondez pas trop!

CAMBUSAT.

Je vais me gêner! Approchez, monsieur!

FRÉDÉRIC, à part.

Elle a trop parlé!

CAMBUSAT.

Je sais tout!

* Frédéric, Cambusat, Dorothée.

FRÉDÉRIC.

J'ai été bien coupable!

CAMBUSAT.

Vous le reconnaissez?... Vous ne serez pas étonné que je vous renvoie?

FRÉDÉRIC.

Je m'y attendais... voici votre traité!

CAMBUSAT, le déchirant *.

Vous êtes libre... et moi aussi!

DOROTHÉE.

Mais moi je vous reste, Frédéric.

FRÉDÉRIC.

Toi! va-t'en au diable!

DOROTHÉE, sévèrement.

Frédéric!

FRÉDÉRIC, se radoucissant.

Non! n'y va pas!... Tiens!

Il lui donne un billet de banque.

DOROTHÉE.

500 francs!

FRÉDÉRIC.

Tâche de m'oublier!

DOROTHÉE.

Mon bienfaiteur! jamais!

FRÉDÉRIC, va pour se retirer.

Monsieur Cambusat!...

CAMBUSAT.

Pardon! Prenez-vous aussi les oranges?

* Cambusat, Frédéric, Dorothée.

FRÉDÉRIC, souriant.

Les oranges?... — Je vous ai trompé.

CAMBUSAT.

Je le sais bien.

FRÉDÉRIC.

C'était le prétexte! — Je ne suis pas voyageur de commerce... associé de Chardonneret, ce qui est plus avantageux, 20,000 francs de bénéfices nets au dernier inventaire.

CAMBUSAT.

Qu'apprends-je?

FRÉDÉRIC.

Je voulais me marier, j'en parlai à Bolivard; Bolivard pensa à votre fille...

CAMBUSAT.

Ah! c'est Bolivard?...

FRÉDÉRIC.

Mais j'ai un fonds...

CAMBUSAT.

De confiserie.

FRÉDÉRIC.

Non, de romanesque!... Je désirai voir la jeune fille, sans laisser soupçonner mes prétentions; je priai Bolivard de vous déguiser la vérité!

CAMBUSAT.

Ah! bien! il l'a déguisée, Bolivard!

FRÉDÉRIC.

N'est-ce pas? Voir Hermance, c'était l'aimer! Je l'aime, donnez-la moi!

DOROTHÉE.

Donnez-la lui, monsieur! il a tout pour la rendre heureuse!

CAMBUSAT.

Je suis désolé, mon cher Bichonnet, mais Cassaboul a ma parole !... la parole de Cambusat Junior !

SCÈNE XV

LES MÊMES, BABOLIN, CASSABOUL, puis HERMANCE, AMÉLIE, GRÉGOIRE, THÉODULE, EMPLOYÉS.

BABOLIN *.

Nous voilà, mon neveu et moi !

CASSABOUL.

Mon rival ! Encore ! mon oncle, il va me regifler !

BABOLIN.

N'aie pas peur, capon, et tiens-toi derrière moi, je serai ton rempart.

CAMBUSAT, à Frédéric.

Je suis désolé !... (A Babolin.) Eh ! bien, et madame Babolin ?

BABOLIN.

Sous clé ! ça n'est pas son heure, je ne l'ai pas sortie ! — Appelle ces dames, et bâclons cette signature !

CASSABOUL.

Oui, bâclons ! j'ai hâte que ça soit réglé !

AMÉLIE, ** amenant Hermance.

Viens, ma pauvre enfant, et sois résignée !

HERMANCE.

Ah ! mon Dieu ! ne ferez-vous pas un miracle ?

* Cassaboul, Babolin, Cambusat, Frédéric.

** Cassaboul, Babolin, Cambusat, Frédéric, Hermance, Amélie.

THÉODULE, * entrant.

Patron, une dépêche !

CAMBUSAT.

Vous permettez ?... D'Aix, de mon avoué : « Affaire Babolin plaidée, gagnée. — Babolin condamné avec dépens !... » — (Il danse.) Tra la la la...

BABOLIN.

Cambusat !

CAMBUSAT.

Arrière, monsieur ! vous êtes condamné avec dépens ! — La bouille-abaisse est à moi, et ma fille... à Bichonnet !

BABOLIN.

J'avais votre parole !

CAMBUSAT.

Garde-la ! je ne reprends que mon enfant !

CASSABOUL.

C'est une indignité !

CAMBUSAT.

Taisez-vous donc, infirmier !

CASSABOUL, à Babolin.

C'est une trahison !

BABOLIN.

Tais-toi donc, apothicaire !

Les employés sont entrés depuis un moment.

CHOEUR, conduit par Grégoire, au fond.

Amis, célébrons ce beau jour
Qui va être...

CAMBUSAT, les arrêtant.

Une cantate ! tout s'explique !

* Cassaboul, Babolin, Théodule, Cambusat, Frédéric, Hermance, Amélie.

THÉODULE.

Une cantate de circonstance !...

CAMBUSAT.

Que les voisins avaient prise pour une sérénade !

FRÉDÉRIC.

Beau-père !

CAMBUSAT.

Mon gendre !

FRÉDÉRIC.

Maintenant que tout est arrangé, vous me direz pourquoi vous m'aviez déguisé en Turc?

CAMBUSAT.

Pourquoi?... (A part.) J'y suis!... (Haut.) Pour faire plaisir à Bolivard !

FRÉDÉRIC.

Pour faire plaisir à Bolivard?

CAMBUSAT.

C'était sa revanche!

FRÉDÉRIC.

Je comprends !...

CAMBUSAT.

La revanche du sauvage !

Les employés recommencent le chœur, le rideau tombe.

FIN

Imprimerie générale de Chatillon-sur-Seine. — Jeanne Robert.

www.ingramcontent.com/pod-product-compliance
Ingram Content Group UK Ltd.
Pitfield, Milton Keynes, MK11 3LW, UK
UKHW022113190726
13855UKWH00002B/823

9 782013 060226